# ぶらり平蔵

## 決定版④人斬り地獄

吉岡道夫



コスミック・時代文庫

本書は二〇〇九年十月に刊行された「ぶらり平蔵　人斬り地獄」を改訂した「決定版」です。

# 目次

「ぶらり平蔵」主な登場人物

神谷平蔵《かみやへいぞう》　旗本千八百石、神谷家の次男。医者にして鐘捲《かねまき》流免許皆伝の剣客。神田新石町弥左衛門店《やざえもんだな》で診療所を開いている。

神谷忠利《かみやただとし》　平蔵の兄。御使番から、出世の登竜門の目付に登用される。

矢部伝八郎《やべでんぱちろう》　平蔵の剣友。兄の小弥太《こやた》は、北町奉行所隠密廻り同心。

井手甚内《いでじんない》　元斗南藩の脱藩浪人。無外流の遣い手。明石町で寺子屋を開く。

檜山圭之介《ひやまけいのすけ》　小網町道場の門弟。忠利の口利きで大番組麦沢《むぎさわ》家の婿養子に。

佐治一竿斎《さじいっかんさい》　平蔵の剣の師。妻のお福とともに目黒の碑文谷《ひもんや》に隠宅を構える。

宮内耕作《みやうちこうさく》　佐治道場の師範代。紺屋町の道場を一竿斎から引き継ぐ。

伊之介《いのすけ》（伊助《いすけ》）　磐根《いわね》藩主左京大夫の世子。藩の内紛により石栗郡の別邸に移住。

縫《ぬい》　伊之介の乳人。伊之介を弥左衛門店で育てた。

左京大夫宗明《さきょうのだいぶむねあき》　磐根藩現藩主。正室・妙《たえ》は伊達六十二万石の藩主仙台侯の娘。

志摩《しま》の方　左京大夫の側室。次席家老・渕上隼人正《ふちがみはやとのしょう》の姪。男子房松《ふさまつ》を出産。

桑山佐十郎《くわやまさじゅうろう》　磐根藩藩主公用人。宗明の不興を買い、お役罷免のうえ謹慎。

波多野文乃《はたのあやの》　磐根藩江戸上屋敷の上女中。桑山佐十郎の姪。

兵藤丹十郎《ひょうどうたんじゅうろう》　磐根藩大番組頭。磐根藩危急存亡のときを憂え、策を練る。

柴山希和《しばやまきわ》　磐根藩次席家老・故柴山外記《げき》の娘。磐根藩の陰草の者（隠密）。

斧田晋吾《おのだしんご》　北町奉行所定町廻り同心。スッポンの異名を持つ探索の腕利き。

戌井又市《いぬいまたいち》　若かりし一竿斎が、飛騨の神官の娘・卯女《うめ》に産ませた子。

お島《しま》　駒形堂近くの茶店の女主人。町方に追われる戌井又市を匿う。

根津《ねづ》の甚兵衛《じんべえ》　金で殺しを請負う元請人の顔役。戌井又市を始末屋として雇う。

遠州屋藤右衛門《えんしゅうやとうえもん》　渕上隼人正と結託して藩の財政を牛耳る磐根随一の豪商。

村井佐源太《むらいさげんた》　遠州屋の剣道師範・用心棒。東軍流の免許皆伝。

# 第一章　しがらみ

## 一

母屋《おもや》の西側にある渋柿の実が赤く色づいて、日一日と秋の気配が深まってきた。

この柿は毎年三寸大の実を枝もたわわにつける。米糠《こめぬか》に埋めるか、酒樽に詰めて焼酎をふりかけておくと冬には甘くとろけるような熟し柿になる。

佐治一竿斎《さじいっかんさい》はこの熟し柿が好物で、冬になると日に二つか三つは食べる。

今日は昼ごろから秋の陽射しがおだやかに降りそそぐ縁側に碁盤をもちだし、本因坊道策《ほんいんぼうどうさく》の棋譜を片手に石を並べていた。

妻のお福《ふく》は昨日から泊まりがけで淡路町の実家に里帰りしている。

――たまにはひとりもいいものじゃ……。

俗に鬼の居ぬ間のなんとやらということもある。

お福は口うるさいということもないし、かといって無口にすぎるということもない。料理もてぎわがよく、近くで採れる旬の物をうまく使って口にあう食べ物を出してくれる。

お福は初婚だったが閨事《ねやごと》の覚えもよく、近頃では甘えてせがむこともあるが、しつこいというほどでもない。すこぶる具合のいい女房だが、男というのは勝手なもので、たまにはひとりきりになりたい。

二日や三日の妻の里帰りは、一竿斎にとっても、けっこうな気保養だった。

朝は昨日の夕方炊いておいた冷や飯に味噌をのせ、白湯《さゆ》をかけてすませた。

昼飯はさほど腹もすいていなかったから一食抜いてしまった。

そのせいか、いつもより躰《からだ》が軽く感じられる。

棋譜を見ながら一竿斎は心地よい陽だまりのぬくもりにつつまれて、とろとろとまどろみはじめた。

佐治一竿斎は鐘捲流《かねまきりゅう》の達人で今年六十三歳になる。江都《こうと》五剣士のひとりに数えられ、紺屋町の道場には常時百数十人の門弟がひしめいていた。

お福は禄高百三十石の旗本で書院番を勤める石川重兵衛の娘だったが、五尺六寸（約百七十センチ）という大柄な躰が敬遠され、嫁き遅《い》れていたところ、仲立ちする人があり、九年前、佐治一竿斎のもとに嫁いできたのである。
そのとき、佐治一竿斎は五十四歳、門弟のなかには「お命をちぢめることになりはせぬか」と師の身を案じるものもすくなくなかったが、それを小耳にはさんだ一竿斎は、「ばかを申せ。男の五十は壮年じゃ。権現さまなど七十をすぎても閨事にはげまれたというぞ。まだまだ年寄りあつかいされる年ではないわ」と笑いとばしたものである。権現さまとは、徳川幕府をひらいた将軍家康のことである。

事実、お福を迎えてからは前にもまして色艶もよくなり、弟子に稽古をつけるときでも手を抜くなどということは微塵《みじん》もなかった。

合縁奇縁というのか、一竿斎は万事におおらかなお福の性質が気にいって、親子ほども年のちがうお福をこよなく慈しみ、人目もはばからず睦まじいところを見せては弟子たちを辟易《へきえき》させていた。

お福を妻に迎えて六年目、一竿斎は「もはや剣を振りまわす年でもあるまい」と言いだし、高弟の宮内耕作《みやうちこうさく》に道場をゆずり渡し、目黒の碑文谷《ひもんや》に隠宅をかまえ、お福とふたりで移り住むようになったのである。

「むむ……」

気ぜわしい鶏の鳴き声に、一竿斎は束《つか》の間《ま》のまどろみからふと目覚めた。

「なんじゃ、うるさいのう」

放し飼いにしてある鶏が、まるで狐にでも襲われたようにバタバタと羽ばたいて逃げ惑っている。

そのとき剣客の五感が近くに何者かがひそんでいる気配を察知した。

母屋の左側にこんもりと枝葉を茂らせている欅《けやき》のむこうに、一人の浪人者がたたずんでいた。身の丈五尺八寸（約百七十六センチ）はあろうかという偉丈夫である。

着衣は旅塵と垢《あか》にまみれていたが、一瞥《いちべつ》しただけで五体は鍛えぬかれた鋼《はがね》のような筋肉に鎧《よろ》われていることがわかる。双眸《そうぼう》は淡い鳶色《とびいろ》をしている。額を斜めによぎる刀痕が、男の印象を暗く険しいものにしていた。

「道にでも迷われたかな」

一竿斎の問いかけに男はうっすら冷ややかな笑みをうかべると、ゆっくり落ち葉を踏みしめながら近づいてきた。

「ふふふ、縁側でうたた寝とは鐘捲流の名手も年老いたものよ」

男の声にはあきらかな悪意がこもっている。

「なんじゃと……」

「ま、よいわ」

男は懐中から無造作にひと振りの短刀をつかみだすと、刺すような眼ざしを向けてきた。

「越前康継《やすつぐ》の作刀だ。見覚えがあろうな」

「……康継、の」

一竿斎は眉をひそめ、男を見すえた。

「おのれ……そも、いったい、何者じゃ」

「おれが名は戌井《いぬい》又市《またいち》じゃ」

「なに……戌井又市、とな」

一竿斎は瞠目した。

「もしや、そちは……」

「そうよ。きさまが三十五年前に捨てた卯女《うめ》の子だ！」

戌井又市はたたきつけるように吐きだした。

「なんと……」

一竿斎は息をつめ、まじまじと男の顔に卯女の面影を重ねあわせた。

もはや忘れかけていた三十五年前の日々が、鋭い悔恨をともなって一竿斎の脳裏によみがえってきた。

そのころ一竿斎は又七郎《またしちろう》の名で諸国を流浪していた。まだ無名の剣士だった。

卯女という女に出会ったのは、飛騨の山中でのことだった。

卯女は飛驒の山奥にある八幡社の戌井《いぬい》玄伯《げんぱく》という神官の娘だった。

「ならば、そちは……わしの」

「勘違いすな！」

戌井又市の口から怒気がほとばしった。

「おれの出自の詮索など無用のことだ！　おれは卯女という女の腹から生まれたというだけのことよ。おれは鐘捲流の佐治一竿斎と立ち合うために来ただけだ」

「ほう」

佐治一竿斎の双眸が糸のように細く切れた。

「立ち合えと、な」

「そうだ。老いたりとはいえ、佐治一竿斎ともあろう剣客が、よもや臆したとは言うまい」

戌井又市は無造作に刀を抜きはなつと、音もなく五、六間（十メートル前後）あまり後ずさりして間合いをとった。

「どうでも、斬り合おうと言うのかえ」

「否やは言わせぬ。……おれは餓鬼のころから、きさまをしのぐ剣士になることだけを念じて剣を磨いてきたのだ。立ち合わぬというなら、その素っ首、容赦なく斬り捨てるまでのことだ！」

氷のように冷ややかな戌井又市の双眸に、底知れぬ暗い憎悪の炎がめらめらと燃えあがった。

一竿斎はしばらくのあいだ、まばたきもせず戌井又市を見つめていたが、やがて無言で腰をあげ、踏み石に置いてあった草履《ぞうり》をつっかけ、庭におりたった。

「よかろう。……それで気がすむなら、好きにするがよい」

そう言うと、一竿斎は縁側の下に積んであった薪《たきぎ》の束から手頃な一本を手にとり、戌井又市に向かってかすかにうなずいて見せた。

「よいわ。いつでも斬りこんでくるがいい」

「しゃっ！」

舌を鳴らすと、又市は吠えた。

「おれをコケにする気か！　隠居したとはいえ、差し料のひと振りぐらいはもっていよう。もってこい！」

「いらぬ斟酌《しんしゃく》じゃ。わしが手にすれば薪も真剣となんら変わりはせぬ。遠慮は無用にせよ」

「ぬかしたなっ」

又市は左の肘《ひじ》を張り、刀を右の肩に背負うように八双にかまえ、するするとさらに五間あまりさがった。

一竿斎はだらりと右手に薪をぶらさげたまま身じろぎもしなかった。

又市は獲物を狙《ねら》う猛禽《もうきん》のような眼で一竿斎を見すえつつ、じわじわと草鞋《わらじ》の爪先で大地をつかみながら右へ、右へとまわりはじめた。

長身の又市の影が西日を背負って黒々とそびえ立ち、刃が陽の光を吸ってギラリときらめいた。

――こやつ……。

又市が西日を背負うことで優位に立とうとしているのはあきらかだった。

剣法の優劣の一は位《くらい》どりにあり、二は双方のあいだにおこる機をつかむことにある。技量がひとしければ位どりに勝ったほうが勝利する。陽光を背にするのと、陽光に向きあうのとでは、背にするほうが優位に立つのはいうまでもない。

だが、一竿斎は動こうとしなかった。ただ無心にたたずんでいた。

又市も動かなくなった。

振りかざした剣先が陽光をはじきかえして微動だにしない。

その構えには凄まじい圧力があった。

――これは……なかなかのものじゃ。

一竿斎はひそかに舌を巻いた。

位どりの先を取り、上段にかまえる。剣法にかなった戦術である。

いまや、一竿斎は非勢に立たされていたが、動じることはなかった。

上段の剣は振りおろすときは威力を発するが、時がたてば不利になってくる。

刀の重さが腕に負担をもたらすからである。

また、振りおろす剣は見きわめやすいが、下から撥《は》ねあげる剣は見きわめるのがむつかしい。

一竿斎はたたずんだまま対峙しつづけた。

待てばかならず又市のほうから動いてくる。

動きに転じる刹那《せつな》、隙が生じる。隙は相手に乗じる機をあたえる。

――どう動いてくるかな。

一竿斎は剣客の血がひさびさに騒ぐのを覚えた。

――それにしても、こやつ、どこでこれだけの修行をつんだのか……。

額の無惨な三日月傷からも、又市が歩んできた苛酷な生きざまがわかる。

振りかざした刃から膨れあがってくる殺気を見ても、これまで何人もの命を奪ってきたにちがいなかった。

剣術は武士の表芸だが、同時に刀は人斬り包丁であり、殺戮《さつりく》の道具である。遣《つか》う者の心掛けひとつで邪を糺《ただ》す武器にもなるが、邪を行う悪魔の道具にもなりうる。

――いったい、だれについて剣を修行したのか……。

一竿斎が暗澹《あんたん》たる思いに囚われかけたときである。

長びく対峙に痺れを切らしたのか、それとも対峙することの非を感知したのか、戌井又市は怪鳥が羽ばたくような疾走にうつった。

「うおっ！」

獣のような咆哮《ほうこう》をあげ、又市は一気に間合いをつめて襲いかかってきた。

刃唸りがするような凄まじい剛剣が、一竿斎の肩口を掠《かす》めた。

その一撃をかわした瞬間、いったん振りおろされた又市の鋒《きっさき》が蛇のように反転し、下からすくいあげるように一竿斎の脇腹に嚙《か》みついてきた。

鋒は一竿斎の脇の下を斬り裂いたが、同時に一竿斎が手にした薪が男の右手首をハッシと打ちすえた。

「うっ」

戌井又市は腰を泳がせ、手から刀を落とすと、悪鬼の形相となった。

「どうじゃ。これで気がすんだか」

一竿斎はひたと又市を見すえた。

又市は歯ぎしりすると刀を拾い、一竿斎に背を向け、一度も振りかえろうとせずに立ち去っていった。

沈みかける夕陽が戌井又市の孤影を灼きつくすように燃えあがっていた。

一竿斎はしばらくのあいだ無言のまま立ちつくしていた。

二

「もう、しつこいわねぇ。……だめだったら、だめっ」

台所の土間の壁越しに、とんがった女の声が聞こえてきた。

――またはじまったか……。

煎餅布団《せんべいぶとん》に腹ばいながら、行灯《あんどん》の淡い明かりのもとで医書をひもといていた神谷平蔵《かみやへいぞう》は顔をおこし、苦笑いを嚙み殺した。

声のぬしは隣家に住む大工の女房のおよしである。

もう夜の五つ半（九時）をすぎるころだ。長屋のだれもが寝静まっているらしく、路地は森閑と静まりかえっていた。

「なぁ、そんな冷たいことを言わずにさ。ちったぁ、おれの身になってくれたっていいじゃねぇか」

亭主の源助《げんすけ》がぼそぼそと、くぐもった声でしきりに哀願している。

「いいかげんにしておくれな。まだ、あれから五日とたっちゃいないんだよ。お腹の子にさわってもいいのかい」

およしはにべもなくつっぱねている。

およしは身籠って六ヶ月になる。初期のころは「しばらく房事《ぼうじ》は控えめにしたほうがよかろう」と平蔵が言ったことはたしかだ。妊娠初期の交媾《まぐわ》いは流産を招きかねないからである。

しかし、あれから三ヶ月、胎児は安定期に入っている。

先月、診察したとき、「赤子《やや》はきわめて健やかに育っておる。あまり無茶をせんように気をつければ、亭主と仲よくしてもかまわんぞ」と言ってやった。

身重になれば房事を厳禁する医者が多いが、安定期に入れば、あえて房事を禁じることはないというのが平蔵の考えだった。むしろ女房が身重になっているあいだに亭主が浮気し、悋気《りんき》した女房と離婚さわぎになったり、亭主が悪い病いをもらってきて悲劇のもとになったりすることが多い。

だから、「仲よくしていいぞ」と言ってやったのだが、およしは気が向かないときは身重を盾にとり、今夜のように邪険に撥ねつける。

源助はまだまだ男盛り、おまけにいたって身持ちの堅い男だから、ちょいと岡場所にしけこんで遊んでくるという器用なことはできない。

だいたいが腹ぼての女房をもとめて哀願する亭主など可愛いもんじゃないか。

そこのところを、およしも考えてやらなくっちゃ源助が可哀相だ。

およしにしてみれば、嫁いで七年目にひょっこり授かった胎児だけに大事にしたいのだろうが、平蔵は、つい源助に同情したくなる。

「だってよ。こっちは、もう……ほら、こうなんだぜ」

「ちょいと、なにさ、こんな暑苦しいもの、とっととしまっちゃっとくれ！」

ぴしゃりとひっぱたく音がした。ひっぱたかれたのは源助にきまっている。

子を孕《はら》むと女は強くなるというが、ほんとうらしいな。

うかつに妻をもつのも考えもんだぞと思っていたら、気配が一変した。

「あ、なにすんのさ！　ちょ、ちょっと、おまえさんたら……」

「な、な、いいだろう。ほんのちょこっとでいいからよ」

「ま、まっとくれよ。ずるいよ、そんな……」

どうやら源助がしゃにむに実力行使に打ってでたらしい。

――ほう、源助もやるもんだな……。

平蔵、いまや助っ人気分になっている。

「ン、もう、しょうがないわねぇ……」

なんだか、およしの声が鼻にかかって甘やいできた。

「じゃ、ちょこっとだけだよ。いいわね、早いとこすませちゃっとくれ。……あっ、いけないってば、そんなとこから……無理だってば」

「な、こうすりゃ腹の子にもさわりゃしないだろ」

ははぁ、源助のやつ、腹の子にさしさわりがないよう工夫したらしいな。

源助の懸命な努力を想像すると、平蔵、なにやらおかしくもあり、いじらしくもあった。

「あ、もう、おまえさんたら、なによ、それ、いやらしい。……ちょっと、やめとくれな」

ふいに揉《も》みあう声がしたのも束の間、みしっみしっと隣家の根太がきしむ音が平蔵の耳にまでつたわってきた。

まったく、いい加減にしてもらいたいものだ。

平蔵とて生身である。こうも、あからさまに夫婦の睦みあいを耳にしてはたまったものではない。

おまけに、あれほど邪険にしていたにもかかわらず、およしはいまや桃源郷をさまよっているらしく、あられもない声をあげはじめた。

いい加減にしろ、と怒鳴りつけてやりたくなったが、勝手に耳盗みをしているのは平蔵のほうだし、文句のつけられる筋合いでもない。

平蔵は気をとりなおすと、医書に描かれている精密な絵図面に向き合うことで気をそらすことにした。

この書物は平蔵が若いころ学問の師と仰いでいた新井《あらい》白石《はくせき》から頂戴したオラン

ダ渡りだという人体の解剖書である。

いまは幕府の政治顧問となっている新井白石は、茗荷谷の切支丹《キリシタン》屋敷に収獄されているシドッチという伴天連《バテレン》（宣教師）や、浅草の甲比丹《カピタン》館に投宿しているオランダ人の船長としばしば面会しては、異国の文化を吸収しようとしている。

この医学書は土圭《とけい》（時計）や地球儀などといっしょにオランダ人から白石に贈られたものだそうだが、「わしよりも、医者のおまえがもっていたほうが役に立つだろう」と言って惜しげもなく平蔵にくれた。

むろん買えばいくらするかわからないほど貴重なものだ。

平蔵は一介の町医者にすぎないが、いまは亡き養父の夕斎《せきさい》は「人のからだの仕組みがわからなければ医療は進歩しない」というのが口癖だった。

とはいえ幕府は人体の解剖を堅く禁じているから、たとえ罪人の死体といえども腑分け《ふわけ》（解剖）することはできなかった。

また犬公方《いぬくぼう》と言われた前将軍綱吉の治世下には「生類憐れみの令」というものがあったから、どんな生き物の死体でも腑分けすることはご禁制にふれた。

夕斎は磐根《いわね》藩《はん》の藩医に招かれたのをさいわい、磐根の猟師から兎や狸、狼や熊などの獲物をわけてもらい、平蔵にも手伝わせ、何度も腑分けしてみた。

狸や鹿も人間とおなじ生き物だから、からだの仕組みがそれほどちがうはずはないと思うものの、立って歩行するのが習性の人間と、常に四足《しそく》で動きまわる獣とは骨格もちがえば、筋肉や臓器のありようも異なるはずである。

実際、腑分けしてみると肉食獣と草食獣では、骨格はむろんのこと、胃ノ腑のおおきさや、腸《わた》の太さ、長さにあきらかなちがいが見られた。

だが、それで人体の仕組みがあきらかになるわけではない。どうしても不満を残したままだった。

——それを……。

この解剖書は、ほぼあますところなく解明してくれるような気がする。

なによりも人と獣では、脳の占める割合があきらかにちがう。

また、男子の精の根源は腎ノ臓にあるというのが定説だったが、解剖書によると、どうやら精の源は睾丸にあるらしい。

さらにまた、これまで心ノ臓は血を造る臓器と考えられていたが、どうも血を循環させる器官らしい。

その血脈《けつみやく》も二種類あって心ノ臓から血を送りだす血脈と、心ノ臓に血を送りこむ血脈にわかれているようだ。

目から鱗が落ちるとは、このことだった。

ただ、残念なのは解剖図は見ればどうにか見当はつくが、その詳細を書きしるしている異国の文字が読めないことだ。

——これからは外国《とつくに》の医学を学ばなければ、一人前の医者とは言えなくなってくるだろうな。

あらためて平蔵はそう痛感する。

平蔵は藩医に招かれた養父の夕斎とともに磐根藩にいたころ、藩費で長崎に三年間ほど留学した。異国との窓口になっている長崎で、西洋の文明にふれ、オランダ語や西洋の医学を学ぶための留学だった。

ところが、もともと医学より剣術のほうが好きだったから、留学は遊学だとばかりに酒と女に明け暮れてすごした。

——後悔先に立たず。

とてものことに、いまからオランダ語を勉強するような暇もなければ金もない。

なにしろいまの平蔵は、この神田新石町《しんこくちょう》の弥左衛門店《やざえもんだな》の一角に「よろず診療所《しんりようどころ》」の看板をかかげ、市井の患者の治療にあたるかたわら、親友の矢部伝八郎《やべでんぱちろう》や井手《いで》甚内《じんない》と三人共同で小網町に剣道場をひらいている身だ。

兄の神谷忠利《ただとし》は禄高千八百石のれっきとした大身旗本だが、次男の平蔵は子供のころから叔父の神谷夕斎の養子になることがきまっていた。

その養父の夕斎が、四年前、磐根藩のお家騒動に巻きこまれて横死したため、平蔵はやむをえず、いったん実家の兄の屋敷にもどったものの、いつまでも居候をきめこんでいるわけにもいかない。

そこで、二年半前、この長屋の一角を借りうけて診療所をひらいた。

はじめはすくなかった患者もいまはふえ、生計に困るようなことはなくなったし、平蔵を頼りにしてくれる患者もけっこういる。

――いまさらオランダ語を学ぼうなどという、青くさいことは言っておれん。

だいたいが平蔵、もともと医学よりも剣術のほうが性にあっている。

人の命を助けるのが本分の医と、人を斬るための剣とは相反するようだが、もともと人間というものは矛盾の塊のようなものだと割り切ることにしている。

そんなことを考えているうちに、ようやく眠気がさしてきた。

三

「なんだ、なんだ。まだ寝ておったのか！　いま何刻だと思っとるんだ」

騒々しい声が耳元で鳴りひびき、平蔵は渋い目をこじあけた。

身の丈五尺八寸という伝八郎の馬鹿でかい図体の背後から、まぶしいほどの朝日が戸障子いっぱいに降りそそいでいる。

「う、ううん！」

おおきくあくびをしてから、ようやく平蔵は身をおこした。

「おい、そのむさいものをなんとかしろ」

「……ん？」

目を落とすと、あぐらをかいた股間から褌《ふんどし》を突き破らんばかりに帆柱がそそりたっている。

「お……こりゃいかん」

「ははぁ、さては朝っぱらから艶夢を見ておったな」

「ばかを言え。これは、その、ただの朝立ちというやつよ」

「ふふっ、ごかすな。神谷も近頃、こっちのほうはとんと縁がないからの。無理もないて……」

伝八郎は小指を立て、うれしそうにニタリとした。

なにせ、伝八郎はふたりが五つ六つのころからの悪餓鬼仲間だけに、ズケッとものを言う。

「その気持ち、わからんでもないぞ。うん」

「ちっ！　きさまのお仲間にされちゃ、おれもおしまいだな」

えいやっと気合いをいれて立ちあがった途端に腹の虫がグウッと鳴いた。

いそいで飯を炊こうと思ったが米櫃《こめびつ》は空っぽだった。

いつもなら隣家のおよしから借りるところだが、昨夜、わざとではないにしろ夫婦の秘め事を盗み聞きした手前、なんとなくバツが悪い。

「おい、朝飯は食ってきたのか」

伝八郎に聞いてみると、

「あたりまえだ。なにせ、おまさが来てからは三度の飯をかかしたことがないからの。今朝も塩鮭にお新香で三膳しっかり食ってきた」

えらそうに胸をはって見せた。

おまさというのは今年の夏から道場で雇いいれた住み込みの女中である。満月のような丸顔で大根足に鏡餅をふたつあわせたような大きな尻をしているが、さっぱりした気性で一日中くるくるとこまめに働く。

おかげで道場に住み込んでいる伝八郎も垢じみた身なりとは縁が切れ、飯を食いっぱぐれることもなくなった。

平蔵が朝飯がわりに稲荷鮨《いなりずし》でもつまんでくるから留守番を頼むと言うと、伝八郎、たちまち目をかがやかせた。

「ほう、稲荷鮨ならつきあってやってもいいぞ」

「よせよせ、三膳も飯を食ってきたやつに無理につきあってもらわんでいい」

「いや、稲荷鮨はわしの好物だから、まだひとつやふたつは入る余地が残っておる。好物は別腹というからの」

まるで甘い物好きの女のようなことを言ってのこのこついてきた。

涼風が立つころになると、新石町の木戸わきに稲荷鮨の床見世《とこみせ》が出る。皮に使う油揚げの甘味がなんともほどよく、なかなか繁盛している。

平蔵は小腹が空いたときの虫おさえにちょくちょく利用していた。

「うむ、これはなかなかいける」

ひとつやふたつならと言っていた伝八郎はアッという間に六つもぺろりとたいらげ、まだ食い足りないらしい。

「おい、腹も身のうちだぞ」

牽制すると、

「なに、こんなものは食ったうちに入りゃせん」

涼しい顔で七つ目の稲荷鮨を口にほうりこんだ。

「だったら勝手にいくつでも食え。ただし勘定はきさまが払うんだな」

脅かしたつもりが、

「いいとも、たまにはわしも奢らなくてはな」

驚天動地の答えを耳にして、平蔵、ぶったまげた。

伝八郎とは二十数年からのつきあいになるが、これまで、ついぞ伝八郎が奢るなどという台詞《せりふ》を口にしたことはない。

「正気か、おい……」

「ん？　おれが奢るのがそんなにめずらしいか」

不服そうに口を尖らせたが、すぐに照れたようにニヤリとした。

「ま、いつも飲み食いというと、きさまにたかってばかりだったからの」

殊勝な台詞を吐くと、懐から古びた紙入れをずるずると引っ張りだし、二分銀で一両二分をとりだした。

「まず、これは、きさまの今月分の出稽古料だ。取っておけ。……むろん、稲荷鮨の代金はちゃんとおれが払う」

「おい、まだ月半ばだぞ。なぜ、いまごろ出稽古料が出たんだ。おかしいじゃないか」

「ん、それがだ。……じつは、昨日、おれが出稽古に行ったところ、ほら、例の渋井《しぶい》の爺さまが半金の九両を手渡しおってな。江戸家老の意向とやらで、当分、出稽古は見合わせてほしいと、こうきたもんだ」

伝八郎は浮かぬ顔をした。

「なんだと……」

平蔵、思わず気色ばんだ。

渋井の爺さまというのは磐根藩江戸屋敷の出納役をしている頑固者だが、問題はいきなり稽古中断を切りだした江戸家老の意向が奈辺《なへん》にあるかということだ。

四

去年の春、平蔵は伝八郎に剣友の井手甚内をくわえた三人共同で小網町に剣道場をひらいたものの、思うように入門者があつまらず、経営は火の車だった。

それが今年の二月から、五日に一度の割合で磐根藩の江戸屋敷に出稽古におもむくことになった。稽古は三人がまわりもちで屋敷に出向き、藩からの謝礼は月に十八両という約束になっている。

これは平蔵たちが磐根藩の内紛解決におおきく貢献したことに対する、いわば磐根藩からの返礼であった。その肝煎《きもい》りをしてくれたのは平蔵の十年来の親友でもあり、藩公の側用人《そばようにん》という重職を勤めている桑山佐十郎《くわやまさじゅうろう》である。

その佐十郎に言わせれば、月十八両という金額は三人の藩にたいする貢献を考慮すれば少額だと不服らしいが、開業してようやく二年目の貧乏道場としては、まさに干天の慈雨とも言うべきものだった。

出稽古料は井手甚内の発案で、その半分の九両を蓄えにまわし、残りの九両を三人でわけることにした。

三人とも、月三両の確定収入が大事なことは言うまでもない。

平蔵は乏しい診療所のやりくりに一息つけるし、伝八郎にとっては貴重な飲み代になっている。明石町の自宅で寺子屋をひらいている井手甚内にしても、育ち盛り食い盛りの三人の子をかかえている身である。

それが、突然とめられては、たまったものではない。

だいたいが磐根藩邸への出稽古は、藩主の左京大夫宗明《さきょうのだいぶむねあき》の強い意向があってのことだと佐十郎から聞いている。江戸家老が自分勝手にとめられる筋合いのものではなかった。

「おい、こりゃ裏になにかあるぞ」

「うん、わしもそう思ったし、井手さんも首をかしげておる。だから、こうして朝っぱらから吹っ飛んで貴公に相談にきたわけよ」

稲荷鮨をぱくぱくたいらげて、吹っ飛んできたもないもんだと呆れたが、いまは伝八郎の気楽とんぼをなじっている場合ではない。

「よし、ともかく、善後策を考えよう」

「そうだ、それがいい。なにせ、磐根藩の筋は貴公だけが頼りだからの」

伝八郎はめずらしく約束どおり、稲荷鮨の代金をちゃんと払った。

――はは ん、そういうことか……。

出稽古料が飲み代になっている伝八郎としては、なんとしても平蔵の口利きを頼りに出稽古を復活させたいのだろう。

さしずめ稲荷鮨の支払いはその口利き料ということらしい。

――とはいえ、だ……。

こういうときの頼みの綱は桑山佐十郎だが、いまは藩公といっしょに国元に帰国していて来春まで江戸にもどってこない。

「江戸家老に談じこんだところで埒《らち》はあかんだろう。やはり佐十郎に文をしたためるしかあるまい」

「こうなったら神谷頼みだ。なにせ、出稽古が切れると、水の手を断たれたようなもんだからの」

「文乃《あやの》どのの顔も拝めなくなるしな」

「うっ。それよ、それ……」

伝八郎、悩ましげな溜息をついた。

文乃というのは磐根藩の江戸屋敷内にある桑山佐十郎の家内をあずかっている上女中で、伝八郎がひそかに思いをよせている女である。

年は二十五、六。文乃自身は「嫁き遅れです」などと言っているが、なかなかの美形だし、武家娘らしく挙措《きょそ》も折り目ただしく、なにより心根が優しい。伝八郎にはもったいないくらいの娘である。

文乃にも伝八郎の思慕の情はそこそこ伝わっているらしいが、伝八郎の不器用さもあって、目下のところふたりの仲は一向に埒があきそうもない。

## 五

帰途、米屋によって米を五升届けてくれと頼んでおいて、伝八郎といっしょに長屋にもどってくると、およしが長屋の水道枡《ます》（共同水道）の洗い場で足を踏んばりながら大洗濯をしていた。

「あら、せんせい。診療所をほっぽらかしにして、どこをうろついてたんです」

昨夜のいちゃいちゃさわぎはどこへやら、えらそうな口を利く。

「おれのことより、源助はどうしているね」

ちくとカマをかけてみたら、突慳貪《つっけんどん》に口をとがらせた。

「きまってるでしょ。仕事ですよ、仕事」

「ははぁ、なるほど、あれだけ盛大にお祭りをしたあとだからな。源助も上機嫌で仕事にいったろうさ」

きつい一発をかましてやった。

「え……」

およしの洗濯の手がハタと止まった。

「やだ、もう！　ちょっと、せんせい、聞いてたんですか」

「ばかを申せ。聞くつもりなどなかったが、ああ賑やかに騒がれちゃ、耳に栓をしたところではじまらんだろう」

「ン、もう。せんせいの意地悪！」

およしは柄にもなくパッと耳朶《みみたぶ》まで血のぼせると、顔を両手で隠した。

「おい、神谷。ここでなんぞ祭りでもあったのか」

伝八郎が的はずれな口をさしはさんだ。

「なあに、ごく内輪だけの闇祭りさ。な、およしさん」

片目をつぶってやったら、

「せんせいったら！」

パッと立ちあがるなり、目を怒らせて平蔵を睨《にら》みつけた。

およしの西瓜でもかかえこんだような腹を、伝八郎、しげしげと眺め、

「それにしても、ずいぶんと腹がせりだしてきたの。もしやしたら双子じゃないのかね」

またまた伝八郎がよけいなことを言ったとたん、

「ま、矢部さままで！」

およしはプイとそっぽを向いてしまった。

これで、およしからの菜《さい》の差し入れは当分、望めそうもなくなった。

戸口の看板釘にかけておいた休診中のしるしの瓢箪《ひょうたん》をはずし、ガタピシときしむ戸障子を引きあけていると、路地にうまい具合に担い売りの豆腐屋がやってきた。

呼びとめて豆腐を一丁と油揚げを二枚、それに卯《う》の花を丼に山盛り一杯買いこんだ平蔵を見て、伝八郎が目を丸くした。

「おい、きさま、卯の花の煮付けまでするのか」

「きまっとろうが。豆腐の味噌汁に卯の花と沢庵《たくあん》があれば飯の菜には困らん。きさまも覚えておくといいぞ」

「ははぁ、卯の花に沢庵ねぇ。駿河台の屋敷にいたころの神谷からは考えられん

変貌だの」

溜息をもらしている伝八郎を尻目に、平蔵は流しの桶に水を張り、豆腐を沈め、油揚げは皿に手際よくうつしかえた。

「どうも、おれには台所仕事というのは向いておらん。やっぱり、早いところ妻をもらったほうがよさそうだ」

「ばか。飯の支度をさせるために妻を娶《めと》ろうと思っとるのなら大間違いだぞ」

平蔵、卯の花の煮付けにいれる牛蒡《ごぼう》の皮を包丁の背でこそぎ落としながら伝八郎を睨みつけた。

「水仕事や掃除、洗濯をさせるだけなら下女を雇えばことたりる。女というのはな、娘のときは優しげでかわゆく見えるが、これが一度嫁いできたら最後、がらりと変身するから怖い」

「おい、脅かすなよ。それじゃまるで化け物みたいに聞こえるじゃないか」

口をとんがらせた伝八郎に、昨夜の源助夫婦のやりとりを聞かせてやった。

「ふうむ。そりゃ怪しからん。それじゃ、源助はまるで女房にキンタマをにぎられとるようなもんだの」

「いいか、およそ女という生き物は嫁にきた途端に強くなり、さらに子をもてば亭主などそっちのけになり、さらに稼げなくなった老いぼれ亭主などは荷厄介にされるのがオチだな」

「ううん……」

「ま、町人と武家をいっしょに論じるわけにもいかんだろうが、よほど身分のある大身の武家ならともかくだ、その日暮らしが精一杯の貧乏所帯じゃ、町人も武士も大差はないだろう」

平蔵は皮をこそげ落とした牛蒡を笹がきに削りはじめた。

「駿河台の嫂上《あねうえ》はおなごとしてはよくできたおひとだが、兄者のキンタマはしっかりとつかんで万事は嫂上の意のままだ。きさまのところだってそうだろうが」

「ん、ううむ！　ま、そう言われれば……」

伝八郎、しおたれた菜っ葉のようにげんなりしかけたが、

「しかし、そう十把ひとからげにきめつけたもんでもなかろう」

「ははぁ……」

平蔵、ニヤリとした。

「つまり、文乃どのはちがうと言いたいんだな」

「ま、ま、そうむきつけに言わんでもよかろうが……」

とたんに伝八郎、しどろもどろになった。

「ふふふ、たしかに文乃どのはおなごとしては上出来の部類に入るだろうな」

「な、な、おまえもそう思うだろう」

「で、その文乃どのとの仲はいくらか進展しておるのか」

「も、もとより……その、わしの思いは充分に伝わっておるはずだ」

「はず、ではあてにならん。ちゃんと口に出して思いを伝えんことには埒はあかんぞ。実力行使あるのみだ」

「な、なに、実力行使だと……」

「ああ、ドンと体当たりで、ぶちかますのよ」

「ぶ、ぶちかます⁉　ば、ばか。そんな乱暴なことができるか」

「きさま、なにか勘違いしてやせんか。……ぶちかますというのは、だ、もたもたせずと、思い切って文乃どのに思いのたけをぶちまけるのさ。以心伝心などというのは女には通用せん。思いを言葉に出して伝えなきゃ、女は吹っきることができんのよ。女を口説くというのはそういうことだ。なんなら、そこでもうひと押しする勇気があれば、文乃どのを抱いてしまってもいいんだぞ」

「お、おい！　抱くなどと妄《みだ》りがましいことを口にするな。文乃どのはそんなはしたないおなごではない」

「ばか！　青くさいことを言うな。男が女に惚れるというのは心底抱きたいと思うからじゃないのか。その、どこが妄りがましいんだ」

「うっ……」

「おまえ、な。文乃どのは生身の女なんだぞ。観世音菩薩でもなければ女神でもない。ひとりの生身の女なんだ。……いずれは婚し、子を宿し、産み育てて、やがては老いてゆく。ごく、ふつうのおなごだ。皺くちゃの梅干し婆さんになっても文乃どのを大事にするというのなら、おれが佐十郎にかけあってやらんでもない」

「お、おい。……ほんとか」

「ただし、文乃どのが、きさまを受けいれるかどうかはわからんぞ」

「わ、わかっておる」

伝八郎、ごくんと唾《つば》を飲みこんで、おおきくうなずいた。

「そのときは……おれも潔くあきらめる」

「よし、わかった。そのかわり、いままでのように夜ごと飲んだくれてちゃいかんぞ。独り身とちがって所帯をもつからには、それなりにシャキッとせんとな」

「おお、なんなら、おりゃ酒など今日かぎりでピシャリと断ってもかまわん」

「ばか。そこまで無理することはないさ。酒もほどほどにということだ」

「ほどほど、というと、二合。……い、いや、一合ぐらいかな、ん？」

「ま、そうこまかいことを言うと、おまえらしくなくなるぞ」

ポンと伝八郎の肩をたたいて笑ったとき、

「せんせい、お客さんが見えてますよ」

さっきの仏頂面はどこに忘れてきたのか、あっけらかんとしたおよしの声が表でしたかと思うと、ガタピシと無遠慮に戸障子をあける音がした。

## 六

「さ、どうぞどうぞ。ここのせんせいは不精もんで、あっちこっちとっちらかってますけど、お医者の腕はそんじょそこらのヤブとはおおちがいですからね」

およしが戸障子をあけながら調子のいい能書きをぶちあげている。

「ほんとに、まぁ、いろいろとご親切にすみませんでした」

明るい艶のある女の声がして、菅笠をかぶった大柄な女が、山盛りに野菜をつめこんだ竹籠を背負って戸口から入ってきた。

菅笠の下に手ぬぐいで頬っかぶりをした女はおおきな尻をこっちに向けたまま、竹籠をどさっと土間におろすと、籠のなかから泥つきの大根と牛蒡を無造作につかみだして、入り口に立っているおよしにさしだした。

「これ、つまらないものですけど召しあがってくださいな」

「あれまぁ、すいませんねぇ」

およしは満面に笑みをうかべると、大根と牛蒡を両手にぶらさげ、いそいそと引きあげていった。

菅笠をとって振り向いた女の顔を見た途端、平蔵は目を瞠《みは》った。

「や、これはお福さままではござらんか……」

平蔵はおよしの応対ぶりから、てっきり診療をうけにきた百姓女だとばかり思っていたが、なんと平蔵や伝八郎の剣の師である佐治一竿斎の妻女お福だった。

「ま、神谷さま」

お福はおおきな黒目がちの眼を見ひらくと、上がり框《かまち》に腰をかけていた伝八郎にも気づいて懐かしげに声をはずませた。

「あら、まぁ！　矢部さまもいらっしゃってたんですか」

「あ、いや、これは……」

すっとんきょうな声をあげて伝八郎、バッタのようにぴょこんと腰をあげた。

「ほんと、おひさしぶりでございますねぇ。……この前、おふたりが碑文谷のほうにお見えになってから、もう二年ちかくなりますかしら」

お福は急いで頬っかぶりをとって、深ぶかと腰を折った。

「おふたりとも、お元気のようでなによりでございます」

「い、いや、とんと無沙汰をいたし、申しわけもござらん」

平蔵がしどろもどろに詫びると、

「いいんですよ。無沙汰はおたがいさまですもの」

お福は手を顔の前でひらひらと振ってコロコロと笑った。

たしか、お福は平蔵より二つ年上だから、今年で三十三になるはずだが、色白でふくよかな頰や、厚みのある胸から豊かな腰のあたりも、以前会ったときとすこしも変わっていなかった。

平蔵は磐根から江戸にもどってきたときと、小網町に剣道場をひらくようになったときに伝八郎とふたりで碑文谷の師の隠宅に挨拶にいったが、それきり無音のまま過ごしてきた。

それが恩師の妻女のほうからわざわざ訪ねてきてくれたのだから、弟子としては恐縮するほかない。

ともあれ、お福を茶の間にあげて伝八郎に相手を頼むと、急いで七輪で湯を沸かし、焙《ほう》じ茶を淹《い》れた。とっておきの到来物の黒蜜羊羹《くろみつようかん》を奮発して厚めに切り、茶受けに出すことにした。

伝八郎はでんとあぐらをかいたまま、例によって気楽とんぼな駄洒落を連発してはお福を笑わせていたが、

「お、羊羹とは豪勢だのう。さては、わしに食われちゃかなわんと隠匿しておったな」

みみっちい憶測をたくましくしたあげく、客のお福より先に手を出して無遠慮にぱくついた。

「この、がさつものが……」

平蔵、ひと睨みした。

「そんな不作法者では文乃どのとの一件も、ちと考えなおさずばなるまいて」

ちくりと皮肉をきかせてやったら、伝八郎、なんと齧《かじ》りかけの羊羹を急いで元の器にもどし、

「それはなかろう、神谷。……羊羹と、文乃どのはべつもんだろうが」

むきになって弁明にかかった。

「あら、文乃さまというのは、もしやして矢部さまの……」

お福が小耳にはさんで乗りだしてきた。

「い、いや……それは、そのですな、いわば……」

五尺八寸の巨体をひとまわりちいさくし、伝八郎、しどろもどろで平蔵に救いをもとめてきた。

「な、神谷。どう言やいいんだ」

「どうもへちまもあるか。きさまが独り相撲をとって岡惚れしているだけのことだろうが」

ピシリと羊羹のけじめをつけてやった。

「お、おい。薄情なことを言うなよ」

「あら、なにやらおもしろそうなお話ですわね……」

お福は耳をそばだて、膝をおしすすめてきた。こういう話になると女性はとめどがなくなる。急いで矛先をかわすことにした。

「それよりも、先生にはお変わりございませぬか」

「そのことですがね、神谷さま……」

お福は言いさして口ごもった。

「もしや、先生の身になにか……」

「いえ、見た目はどうということはないんですがね」

そう言うと、お福は溜息をもらした。

七

――お福さまの気のせいだといいがな……。

日本橋の川筋で猪牙舟《ちょきぶね》を拾って目黒川を碑文谷のほうに遡りながら、平蔵は師の身を案じていた。

剣術で鍛えぬいた躰とはいえ、佐治一竿斎はもはや六十路《むそじ》をこしている。

いつ、なにがあってもおかしくはない年である。その師がこのところ、めっきり食がすすまなくなっているという。

一竿斎は若いころから夜は晩酌だけですごし、食事は朝と昼の二度ときまっていたが、そのかわり朝昼二度の食事はしっかり三膳ずつ食べるひとだった。

それが、お福の話によると、いまは日に二膳がやっとだということだった。それだけでなく近頃は、お福がなにか話しかけても生返事するだけで、何やらひとりで思いあぐねたように考えこんでいることもあるらしい。

具合が悪いのかと思って医者に診てもらったらとすすめると、わしが病人に見えるかと怒って受けつけないらしい。思案にあまったお福は、一竿斎の弟子でもあり、医者でもある平蔵にひそかに相談しようと思い、訪ねてきたのだ。

それも平蔵を訪ねるとは言わずに、ちょっと買い物があるからと嘘をついて出てきたのだという。お福といっしょに碑文谷に行っては嘘がばれてしまう。

そこで、お福をひと足先に碑文谷に帰し、あとから平蔵がご機嫌うかがいにきたふりをして隠宅を訪ねることにした。

出かける前に往診を待っている長患いの老人と、屋根から落ちて足を挫《くじ》いてしまった鳶職人の往診をすませた。

ばたばたしているうちに、つい昼飯を食い忘れたせいで小腹がすいてきた。

猪牙舟に乗る前に、焼きいもを売っている婆さんから、焼きたてを五つ買いこんで舟のなかで食った。

焼きたてのいもは熱くて、舌が火傷《やけど》しそうになる。アフアフしながらパクついていると船頭が、「いいすねぇ。いもはやっぱり焼きいもにかぎりまさぁねぇ」と声をかけてきたから、心付けがわりに一本お裾わけしてやった。

食い物はひとりで食うより、人とわけあって食うほうがうまい。船頭とばかっ話をしながら焼きいもをたいらげると、舟の胴の間に寝ころんだ。

青空に刷毛《はけ》でひと筆サッと刷いたような鰯雲がうかんでいる。碑文谷に近づくにつれて、青々と葉を茂らせている竹藪がいたるところに見られるようになった。

このあたりは筍《たけのこ》が名物で、春先、目黒不動に参詣する客は茶店で筍飯を食べて帰るのを楽しみにしているそうな。

平蔵は羅漢寺が見える岸辺で猪牙舟をおりて碑文谷に向かった。

寺社が多く、あちこちにこんもりした森が見える。

幅一間あまり（約二メートル）の小川を挟んで田畑がひろがっている。稲が刈りとられたあとの水田に雀がチイチイと囀《さえず》りながら落ち穂をつつきまわっている。水車がまわっているのは小屋のなかで米でも搗《つ》いているのだろう。ギィギィときしむ水車の音を聞き流し、畦道《あぜみち》を碑文谷のほうに歩いていった。

虫の鳴く音が聞こえる。おなじ江戸でも神田界隈とは別世界のようだ。

こんなところで、娘ほども年のちがう女とふたりきりで住み暮らそうと思った師の気持ちがなんとなくわかる。

隠宅は雑木林を背にした藁《わら》屋根の百姓家をゆずりうけ、すこし手をいれたものだった。隠宅の前は空き地になっていて数羽の鶏が放し飼いにされ、しきりに地べたをつつきまわっている。空き地のまわりには柿の木や栗の木が枝をひろげ、たわわに実をつけていた。

佐治一竿斎は縁側にちょこんと置物のようにすわっていた。居眠りでもしているのか、身じろぎもしない。まるで石の地蔵さんのようだった。

その、なんとも頼りなげな姿に平蔵は胸をつかれた。

なにやら声をかけるのがためらわれ、平蔵は黙って歩みよった。

十間ばかりに近づいたとき、平蔵は足をぴたりと止めた。

眠っていると思っていた師が、半眼のまま平蔵を見すえていたのである。

「先生……」

「ふふふ、あいかわらず平蔵は女に甘いの」

「は……」

「お福に口説かれて、のこのこ出向いてきたか」

どうやら、お見通しらしい。

「恐れいります」

「ま、よい。よく来た。わしのほうから出向くつもりでいたところだ」

「と、仰せられますと、どこか具合でも……」

「ばかめが！　わしは患《わずろ》うてなどおらん。勘違いすな」

睨みつけた目が笑みくずれ、平蔵の腰のソボロ助広《すけひろ》を目ですくいあげた。

「刀を腰に帯びているところを見ると、まだ町医者になりきれんようだの」

「は。……医も剣も、いまだに未熟者にございますれば」

「うむ、それでよい。なまじ悟ったようなことをほざくやつにかぎってろくな者はおらん。生涯、未熟者と思っていることじゃ」

「恐れいります」

「あとでおまえに話しておきたいことがある。今夜は泊まっていけ」

一竿斎がそう言ったとき、藁草履の音がしてお福が出てきた。

「あら、神谷さま……」

お福は首をすくめ、くすっと笑った。

「どこに行ってきたと聞かれて、つい神田までって言っちゃったんですよ。そしたら平蔵のところに行ったなって……嘘をつくのはむつかしいものですねぇ」

「ばかもんが。お福の嘘など顔を見ればすぐわかるわ」

「はいはい」

「平蔵は今夜泊まる。なにかうまいものでも食わせてやってくれ」

そう言うと、一竿斎は目で平蔵をしゃくった。

「ひさしぶりだ。飯前に一局相手をしろ」

ひょいと腰をあげると、居間の隅に置いてあった碁盤をさっさと縁側に持ちだしてきた。

ただの碁盤ではない。さる西国大名からたまわったという榧《かや》の六寸盤である。ずしりと持ち重りのする、その碁盤をいとも軽々と運んできた師を見て、このぶんなら躰の心配など無用のことだったな、と平蔵はちょっぴり安心した。

一竿斎の囲碁は五十をすぎてから覚えたとは思えない筋のいい碁で、平蔵に三子《し》置けば勝ち負けになる。

剣でも品格を重んじるだけに、まずい手を打ったと思うと序盤でも潔く投了する、勝ち負けにこだわらない碁品のある打ち手だった。

# 八

――どうも、わからんな。

行灯《あんどん》の灯りを消した薄闇のなかで平蔵は四半刻（三十分）近く眠れずにいた。

庭に面した障子のむこうから虫のすだく音が聞こえてくるが、そのせいで眠れないわけではない。

「話しておきたいことがある」

と言った師が、酒を酌みかわしながらの夕食のときも、そのあともう一局碁盤をかこんだときも、なにひとつそれらしいことにふれなかったからである。

お福がいては話しにくいことなのだろうかと思ったが、ふたりが碁を打っているあいだ、お福は座をはずし風呂に入っていたから、ないしょで話す機会がなかったわけではない。

帰るまでには話してくれるだろうが、どんな話なのか気になる。

話があると言ったときの師の眼ざしは、どきりとするほど厳しいものだった。

――あんな先生の目を見たのは……。

はじめてのような気がする。皆伝を許されたときの立ち合いも厳しい目をしていたが、それとは異質のもののような気がした。

ひさしぶりに師と酒を酌みかわした心地よい昂《たか》ぶりの余燼《よじん》が、まだ胸の底にくすぶっている。

平蔵が寝返りをうちかけたとき、廊下を踏む跫音《あしおと》がして手燭の灯りが障子にほのかにさした。跫音は師のものだと、すぐにわかった。

床から起きあがり、身仕舞いをととのえたとき、さらりと障子があいた。

一竿斎が室内の平蔵を見て、かすかにうなずくと目でうながした。

「助広をもってまいれ」

そう言った一竿斎の双眸《そうぼう》は炯々《けいけい》たる光をたたえた、まさしく剣客の目だった。

平蔵は枕元に置いてあったソボロ助広を手にさげると、師のあとにつづいた。

一竿斎は廊下をぬけて台所の板の間に出ると、手燭の火を大黒柱の懸け行灯の蠟燭《ろうそく》にうつし、囲炉裏端にどっかとあぐらをかいた。

しばらく無言のまま、火箸をとって囲炉裏の灰をいじっていた一竿斎が、やおら顔をあげると、向かい側にすわった平蔵を射るような目で見すえた。

「ちと気がかりなことができてな。もしやすると、わしひとりの手にあまることになるやも知れぬ」

「と、申されますと……」

「うむ……」

口重くうなずいた双眸に暗い光が宿っていた。

「もとはと言えば、わしが蒔《ま》いた種子でもあるが……」

なにやら歯切れの悪い口調である。こんな師を見るのははじめてだった。

平蔵は無言のまま師の顔を見つめた。

「ひとというものは過《あやま》ちを犯しつつ生きるものだが、償える過ちと、償いようのない過ちがあるものじゃ」

どういうことか見当もつかなかったが、その沈痛な声のひびきの重さに平蔵は胸をつかれた。

「わしは若いころ、飛騨の山奥にいたことがある。まだ又七郎と名乗っていた時分じゃ……」

一竿斎は遠くを見るような眼ざしになると、胸のなかの澱《おり》を押しだすように重い口をひらいた。師が若いころ、諸国を流浪していたことは知っていたが、くわしいことは弟子のだれひとり知らなかった。

平蔵は膝を乗りだし、耳をかたむけた。

「……そのころのわしは、まだ鐘捲流の免許を許されたばかりで、ただ剣のことしか頭にない青くさいガキじゃった」

天下泰平の世では、剣術の免許取りになったからといって仕官の途がひらけるわけでもなし。かといって道場をかまえる手蔓《てづる》もなければ金もない。その鬱屈をかかえたまま放浪の旅をつづけているうち、一竿斎は飛騨の山中にわけいり、使われなくなっている樵《きこり》の杣《そま》小屋《ご や》を見つけて住み暮らすようになったという。

「どうにか雨露をしのぐことはできたが、食うものがない。かというて物乞いをするわけにもいかぬ。やむをえず手造りの木刀を手に、山中を駆けめぐっては鹿や猪を打ち殺し、肉を食らい、皮を剝いで天日に干し、その獣の皮をもって里におりては米や味噌とかえておった。……ま、人の暮らしとはほど遠いものじゃったな」

一竿斎の双眸に苦いものがにじんだ。

その杣小屋を半里ほどくだったところに古い八幡社があって、戌井玄伯という神官が卯女という娘とふたりで、数人の下男、下女を雇って社殿を守っていた。

八幡社は徳川家の始祖である源氏の頭領八幡太郎義家《はちまんたろうよしいえ》を祀《まつ》ってあることから、

幕府は八十石の社領をあたえて庇護していた。

杣小屋に住みついてしばらくするうち、若い剣士の貧しい暮らしぶりを見かねてか、ときおり卯女が野菜や漬物などを差し入れてくれるようになった。

卯女は、いつも膝までしかない短衣をまとい、腰紐をしめただけの質素な身なりで険しい山道を牝鹿のように駆け抜け、裸で滝壺に飛びこんでは魚を手づかみにするような野性的な娘だった。

「口のききようもぶっきらぼうで、およそおなごらしいところは微塵もない娘だったが、そのときのわしは、そういう卯女に無性に魅《ひ》かれたのじゃ」

夏の日の昼さがり、又七郎は暑気ばらいに褌ひとつで滝壺に飛びこみ、水浴をしていた。

滝壺はみずみずしい緑陰の傘におおわれている。蟬《せみ》しぐれが降りそそぐなかで水と戯れていると童心にかえった気がした。

水中にもぐり、岩魚《いわな》や山女魚《やまめ》の魚影を子供のように追いかけていたとき、目の前を青白くかがやく女体が忽然とかすめた。一糸まとわぬ女体はまぶしいほどに美しく、神々しく見えた。黒髪が水中にたなびき、黒々とした双眸が又七郎を見て笑いかけた。

卯女だった。

卯女はまるで水の申し子のようにしなやかに腰をくねらせると鮮やかに一匹の岩魚を手づかみにし、二本の足で鋭く水を蹴って矢のように浮上していった。

又七郎はあとを追って卯女の片足をつかまえ、水中に引きずりこんだ。

卯女はもういっぽうの足で又七郎の顔を蹴った。とっさに又七郎はその足首をとらえた。水中に引きずりこまれた卯女は山猫のように爪をたて、又七郎の顔をひっかこうとしたが、それも束の間、又七郎が手首をつかんで引きよせると、逆に腕を又七郎のうなじに巻きつけてきた。

卯女の乳房が又七郎の厚い胸板に押しつけられてひしゃげた。卯女は全身のちからを抜いて又七郎にしがみついてきた。

又七郎は卯女の腰を抱きすくめたまま、ゆっくりと水面に浮上した。

卯女は両足で静かに水をかきながら、又七郎の目を食いいるように見つめた。

おおきな黒い双眸は童女のようにも見え、成熟した女のようにも見えた。

青くさくもあり、熟れきった女のようでもあった。それが卯女という女の持つ魅力だった。

又七郎の肌にぴたりと吸いついてくる卯女のなめらかな皮膚が、又七郎の若い血を沸騰させた。

又七郎は片腕で卯女の腰を引きつけ、卯女の口を吸った。

卯女はおずおずと吸いかえしてきた。そのぎこちなさが、初々しかった。

又七郎は片腕で卯女を抱いて岩陰の砂地に泳ぎついた。卯女を両手で抱きあげ、砂地にあがると静かに卯女を仰臥させた。

巨岩にはさまれた砂地はせまく、卯女の足は水に浸ったままだった。なだれ落ちる滝からひろがる波紋が卯女の足を洗う。卯女はしばらく又七郎を見あげていたが、やがてゆっくりと瞼《まぶた》をとじた。

その卯女の裸身に寄り添い、又七郎は胸のふくらみに手をのばした。又七郎の手が粒だった乳首の突起にふれた瞬間、卯女の睫毛《まつげ》がかすかにふるえた。

引きしまった腹のふくらみを掌でなぞると、卯女は双腕をのばして又七郎にすがりついてきた。

漣《さざなみ》がひたひたと卯女の足を洗い、太腿《ふともも》はひんやりとしていたが、柔毛におおわれた股間は火のように熱かった。

又七郎の鍛えぬかれた鋼のような躰をうけいれたとき、卯女はちいさな声をあげた。燦々《さんさん》たる陽光を浴びながら、交わりは静かに始まり、やがて狂おしいほど激しいものとなって終わりを迎えた。

処女である証しを見たとき、又七郎の胸に鋭い痛みが走った。

「すまぬ」

又七郎が詫びると、卯女はかすかに顔を振ってほほえみ、おどろくほど強いちからで抱きついてきた。

翌日も、卯女は杣小屋にやってきた。いとおしさが又七郎の胸を染めた。鍋でおじやを煮るかたわら、又七郎の下帯を洗い、ほつれた着衣を繕った。

せまい杣小屋のなかを卯女は膝までしかない短衣姿で動きまわる。

ふっくりした胸乳がこぼれ、ひきしまった腿が目の前をかすめる。

若い又七郎がこらえきれず、卯女を抱きよせると、卯女はあらがうことなく又七郎の胸にすがりついてきた。

翌日も、またその翌日も、卯女は杣小屋にやってきた。

そんな卯女がいとしかった。いとしさは日々強くなったが、それをためらう気持ちも又七郎は感じていた。

先行きのあてもない流浪の身である。

いずれ別れなければならないことはわかっている。が、そんな自戒はなんの歯止めにもならなかった。たまに卯女がこない日もある。そんな日は一日中落ち着かなかった。

卯女がくると抱かずにはいられなかった。

「ま、そのころのわしは、飢えた狼となんら変わることはなかったな。腹がへれば獲物を捕らえて肉を食らい、疲れては眠り、情気を発すれば卯女のはちきれそうな柔肌をむさぼる。……あとあとのことなど露ほども考えようとはせずに、だ」

かつての流浪の日々をたどっているのだろう。一竿斎は目の前に平蔵がいることを忘れたかのように語りつづけた。

「それから半年ほどがすぎたころじゃった。……戊井玄伯どのが杣小屋を訪れてきて、卯女の婿になってくれぬかと言う。つまりは八幡社の神官の跡を継いでくれということだった」

「…………」

「わしと卯女の仲は薄々知っていながら、玄伯どのはそれには一言もふれなんだ。……ただ、いまの世は剣のみで身を立てるのはむつかしい。が、八幡社にはわずかながら社領もある。神官では不満かも知れぬが、食うに困るようなことだけはない。ひとつ考えてみてはくれぬかという、あくまでも、わしの矜持《きょうじ》を傷つけぬよう配慮した慇懃《いんぎん》な申しいれじゃった」

「それは、また、よくできたおひとですな……」

「うむ。神官や坊主のなかには気位だけは高いくせに銭に汚いものがすくなくないが、玄伯どのの人徳は里人からも慕われておった」

娘とのことはおくびにも出さず、婿になって跡を継いでくれぬかと言われた一竿斎の立場は、さぞつらいものがあったにちがいない。

先のあてもない放浪の剣士にとって、八十石の社領つきの婿入り話が舞いこむなどという幸運はめったにあるものではない。しかも神官は武家とおなじく名字帯刀を許されている格式のある身分である。

旗本や御家人の倅《せがれ》に生まれても、躍起になって婿入り口を探さなければならない次男や三男の、いわゆる厄介叔父なら、話を聞いただけでダボハゼのように飛びついてくる者もすくなくないだろう。

「わしは迷った。迷いぬいた。……玄伯どのの口ぶりには、わしを侮ったようなところは毛筋ほどもなく、あくまでも丁重なものだったし、卯女のこともある」

一竿斎の声は苦渋にみちていた。

「一夜、考えぬいたが、わしはどうしても剣の道を捨てきれなんだ」

「…………」

「これまで剣一筋に生きてきた歳月を無にしたくなかったと言えば聞こえはよいが、つまるところは、このまま草深い山里に朽ち果てることに耐えきれんというのが本音じゃったな」

「…………」

「わしは翌朝、まだ夜の明けきらぬうちに山をおりた。卯女にも、玄伯どのにも何ひとつ告げずに、な。……若気のいたりなどと逃げ口上を言うつもりはない。卯女にはむごい仕打ちをしたと思っている」

ふと、一竿斎の声がしめりを帯びた。

「ただ、せめてもの詫びのしるしに、亡き父よりゆずられた越前康継の短刀を杣小屋に置いてきた。祖先が台徳院《たいとくいん》さまより拝領した家宝の品だと、亡き父から聞いていたが、すこしも惜しいとは思わなんだ」

台徳院さま、とは二代将軍秀忠のことである。

一竿斎がつぶれ旗本の倅だということは聞いていたが、旗本にとって将軍家から拝領した短刀といえば、紛失しただけでも切腹ものの品である。しかも越前康継といえば江戸初期の名工で、その作刀は大名道具といわれる逸品だ。

「それは……ようも、思い切ったことをなされましたな」

「いやいや、重代の家宝といっても、たかが刀じゃ。いかに高価な物であろうと、所詮《しょせん》、物でひとの心を埋めることはできるものではなかった……」

ふいに一竿斎は、張り裂けんばかりに双眸を見ひらいた。

「十日前、卯女の子だという男が、ここにあらわれたのだ」

「それは、また⁉」

平蔵、凝然と師を見つめた。

「そやつは、戌井又市と名乗ったばかりか、わしが卯女への形見と思うて杣小屋に残してきた康継の短刀を所持しておった」

「では、その男は、先生のご子息……」

「卯女はそう思いこんでいるようだが、しかとはわからぬ」

「は……」

「実はの、又市のあとを追いかけるように卯女から文が届いたのだ」

一竿斎は懐から一通の文をとりだした。

「これがそうだ。六日前、紺屋町の道場に飛脚が届けてきたそうでの。宮内耕作が弟子に届けさせてくれた。……おおかた卯女は、わしが紺屋町に道場をかまえていたということは風の便りで聞いていたものの、碑文谷に隠居したことまでは知らなんだのであろうよ」

　半眼をとじた一竿斎の面上に苦渋の色がにじんだ。

「その文によるとな。わしが飛驒を去って間もなく、卯女は婿をとったらしい。おなじ飛驒郷にある天神社の神官の次男坊で、前々から玄伯どのに婿にもらってくれぬかともちかけていたらしい。わしとは、およそ似ても似つかぬ、おとなしい優男《やさおとこ》だったようだの」

　戍井玄伯はその男があまり気にいらなかったらしいが、むこうに急かされるまま慌ただしく婚礼をすませてしまったという。

「なにせ、わしが飛驒を去って十日ほどで婿入りしてきたというから、よほど強引にすすめられた婚礼だったようだ」

　ところが、それが悲劇のはじまりだった。

　その月が終わらぬうちに卯女が身籠ったのだ。もとより、その子種が一竿斎のものか、婚した夫のものか確かめるすべはない。

だが、卯女はひそかに一竿斎の子だと思いきめて産み落としたという。その子に又市という名前をつけたのも、そのころ一竿斎が名乗っていた又七郎から一字をとったものらしい。

又市は幼いころから気性が激しく、おとなしい夫の手にはおえなかった。

さらに悪いことに、卯女が婚する前、杣小屋にいた浪人者と睦みあっていたらしいという村人の噂が夫の耳にはいった。いくらおとなしい夫でも、それを聞いては黙っていられない。卯女は頑として否定しつづけたが、夫婦仲は冷えた。

やがて夫は、亭主に死に別れて実家に戻っていた年増女を妾《めかけ》に迎えいれ、卯女と臥所《ふしど》をともにすることもすくなくなった。

ところが、そのころ卯女はすでに二人目の子を身籠っていたのである。

月満ちて産み落とした子は女児だった。目鼻立ちも夫によく似ていたし、気立てもおとなしかったから、卯女と又市には冷ややかだった夫も、その娘だけは目にいれても痛くないほど可愛がったという。

いつしか又市の耳にも母と浪人者との噂が入り、又市はいよいよ粗暴になった。ついには卯女の手にもおえなくなり、又市から乱暴されたという村人からの苦情も絶えなかった。

そして又市は十三歳のとき、ぷいと家を飛びだしていった。

今年の夏、又市はふらりと飛驒に舞いもどってきたが、卯女も見違えるほど筋骨たくましい男になっていたという。挙措も折り目ただしく、粗暴なところも感じられなかったから、卯女は胸を撫ぜおろして迎えいれたが、又市を見る夫の目は冷ややかで嫌悪にみちていたし、いっぽう、又市のほうも夫を父として敬愛するような素振りは微塵もしめそうとしなかったらしい。

帰郷して十二日目の未明、又市は別室で寝ていた卯女の夫と妾のふたりを刺殺し、三十数両の金と越前康継の短刀を持ちだして行方をくらました。

しかも、又市が出奔した翌日、国境を巡回していた山役人が二人、斬り殺されているのが発見された。

「斬り口はいずれも左肩からの袈裟《けさ》がけの一太刀。検死した役人は、よほどの手練《てだ》れの仕業にちがいないと見たそうだ」

「…………」

「しかもだ。そこはところの者でのうては知るはずがない杣道《そまみち》だという。まず、きゃつの仕業と見てまちがいあるまい」

一竿斎はカッと双眸を見ひらいた。

「これを見よ。平蔵」

いきなり一竿斎は、ぐいと小袖の前を押しはだけ、脇腹を見せた。六十路をすぎた、いまも贅肉《ぜいにく》ひとつない師の肋骨の上に生々しい一筋の刀傷が走っていた。

「十日前、やつから受けた刀傷じゃ」

九

夜が更けるにつれ、寒気がしんしんと床下から這いのぼってくる。

佐治一竿斎は、戊井又市と立ち合うにいたったいきさつを平蔵に語りおえると、火箸で囲炉裏の埋もれ火をかきおこし、炭をつぎたした。

「年はとりたくないものだな。近頃は火がなによりの馳走になったわ」

目尻に皺をよせ、口をすぼめてフウフウと息を吹きかけて火を熾《おこ》している一竿斎の無心な顔を見ていると、

——先生も年をとられたな……。

つくづくそう思わざるをえない。

師はとうに還暦をすぎているが、歯は丈夫だし、剣術で鍛えあげた筋骨は壮者

をしのぐものがある。顔の色艶もよく、声にもハリがある。だが、紺屋町の道場でみずから弟子に稽古をつけていたころの精気にみちあふれた師とはどこかちがう。

それが、平蔵には寂しかった。

――やはり隠居なされたせいかな……。

どういうわけか男というのは、武家でも、商人でも年に関係なく、隠居して息子に跡をゆずると、めっきり老けこむような気がする。

隠居をするということは、俗臭から遠ざかるということでもある。俗臭はいいかえれば欲ということだろう。

人間は欲がなくなると灰汁《あく》ぬけするという。灰汁とは世俗の欲望だろう。

それは人よりすこしでも出世したい、すこしでも多く金を稼ぎたい、いい女を抱いてみたいという生臭い欲望である。どうやら、その欲が男に精気をみなぎらせる源泉のような気がする。

しかし師が一切の欲望に無縁のひととは思えなかった。

――なんといっても、先生にはお福どのという女《ひと》がいる……。

お福は気も若いし、肉づきも肌もまぶしいほど豊潤でみずみずしい。茶のみ友達の老夫婦というには、まだまだ生臭い夫婦である。

ふと、平蔵は新石町の表通りで小間物屋の店をかまえている井筒屋《いづつや》の隠居、治《じ》平《へい》のことを思いうかべた。治平は六十二になるが、店をひとり娘のお品《しな》にゆずって二十五も年下の女とふたりで隠宅をかまえ、回春の秘薬はないかと平蔵に頼みにきたほど達者な爺さんである。

――もしやすると、師も、治平さんとおなじように、剣術より房事のほうが楽しくなられたのかも知れぬな……。

平蔵はお福のふくよかな胸のあたりや、豊かな腰まわりを思いうかべた。

不埒《ふらち》な感慨にふけっていると、師がひょいと腰をあげた。

「どれ、なにも肴《さかな》はないが、一杯やろう」

身軽に台所におりると、酒樽から土瓶に酒をそそぎ、茶碗をふたつ手にしてもどってきた。

「さ、飲め……」

と茶碗をひとつ平蔵にわたし、土瓶の酒をなみなみとついでくれた。

「これは、おそれいります……」

晩秋、深夜の酒ははらわたにしみわたる。

　自分も茶碗に酒をつぐと、ごくりと喉を鳴らして飲みほした一竿斎が、ぼそりとつぶやくようにもらした。

「のう平蔵よ。人というものは始末に悪い生き物だな」

「は……」

　平蔵は茶碗を膝前におき、師の顔を見かえした。昔から師はときおり禅宗の坊主のようなことを突然言い出す癖がある。

　——はじまったな……。

　と思ったが、いい加減に聞き流していると一喝が飛んでくる恐れがある。

　平蔵はくずしていた膝をたたんで正座した。

　炉のなかの赤い熾火を見つめた一竿斎の双眸に、なんともいえない悲傷の色がにじんでいる。

「考えてもみよ。……獣は飢えれば獲物を襲うが、けっして無益な殺生はせぬ。ましてや仲間同士は、雌を争いあって喧嘩はしても殺しあうようなことはしない」

　一竿斎は目をあげ、平蔵をひたと見た。

「それにくらべて人という生き物はどうじゃ。まことに身勝手な理由で人を殺す。おのれのほしい物を手にいれるために人を殺し、つまらん喧嘩口論のあげく刃物を振りまわして人を殺してしまう者もおる。……ま、裏店《うらだな》住まいの女房が身籠った胎児を貧ゆえに流すのはやむをえぬとしても、浮気のツケで身籠った尻軽女が中条流《ちゅうじょうりゅう》の医師の門をくぐって平気で子堕《お》ろしをする。獣の雌はおのれが飢えても子に餌をあたえることを思えば、命を大事にせぬのは人間だけのようだな」

平蔵は黙ってうなずいた。

平蔵のところにも、ときおり子堕ろしを頼みにくる女がいるが、いくら金をつまれてもそれだけはできなかった。しかし、同業の町医者のなかには子堕ろしでしこたま稼いでいる者がいることは事実だった。

「とはいえ、もっとも始末の悪いのは四民の上に立つべき侍じゃ！　大名のなかには頑是《がんぜ》ない子供が行列の先を走り抜けたというだけで無礼討ちと称して斬り捨てさせる輩《やから》もいる。いったい人の命を虫けらとでも思うておるのか」

佐治一竿斎は火箸をつかんで灰にグサリと突き立てた。

「あきれたことに侍のなかには、新しく買いもとめた刀の斬れ味を試すなどとぬかして辻斬りをはたらく不埒者もいる。まさに鬼畜の所業じゃ！」

たしかに師の言うとおり、夜半、吉原堤や柳原土手などの人通りのすくないところで、夜鷹や乞食などを探しては辻斬りをはたらく侍があとをたたない。

「どうやら人という生き物は刀をもつと人より強くなったと錯覚するらしい。そういう輩がなまじ剣術を覚えれば、ふと人を斬ってみたくなる衝動に駆られる。武士の命と言われる刀が、町人たちから人斬り包丁と言われるのも、こういう狂い者が出てくるからじゃ」

一竿斎は沈痛な目を平蔵に向けた。

「人というものは赤子のときは無垢《むく》なものじゃ。それが育つにつれてそれぞれ変わってくる。百人いれば百の顔と、百の性《さが》をもつようになる。だから、おもしろいとも言えるが、なかには、おもしろいではすまされぬ性の者もできる。いわば鬼ッ子というやつじゃな」

一竿斎の声がしめった。

「なかでも始末に悪いのが嗜虐《しぎゃく》の性というやつじゃ」

「嗜虐……」

「うむ。幼い子が虫を殺したり、蛙の腹を裂いてみたりするのも、それじゃ。おのれより弱いものをいたぶることで悦楽をおぼえる。子供というのは惨いことを平気でするが、それは惨いということを知らぬからじゃ」

「そう言われれば、わたしにも覚えがあります……」

「それを見咎め、矯《た》めるのが親のつとめじゃが、それができぬまま、躰だけおおきくなったやつは怖い。こういう輩がなまじ剣術をおぼえ、刀をもったらどうなる。人を斬ることで、心のなかに眠っている嗜虐の性《さが》が目をさますのじゃ」

ふいに一竿斎がうめいた。

「又市にも、そうした性があるような気がしてならん」

話が戊井又市にもどってきた。

「まさか……」

「いや、立ち合《お》うてみれば、おまえにも一目でわかる。……あやつの双眸は剣客のそれではなかった。なにがなんでも人を斬ろうとする刺客のような血走った眼をしておったわ。……どこで、どんな剣の修行をしたのかはわからぬが、あやつの剣は人を斬ることだけに執着する邪剣と見た」

つぶやいた師の顔に、深い悲傷の色がにじんでいた。

「おそらく、あやつは人を斬ることにしか生きる場がないのであろう。そのような男がたどりつく先はひとつ、人斬り地獄しかあるまい」

「……人斬り地獄」

あまりにも救いようのない厳しい師のことばに平蔵は声をのんだ。

「いま、江戸には扶持《ふち》を失《うしの》うた浪人者が何千人とあふれておる。この者たちがどういう暮らしをしておるか、平蔵も知っていよう」

「は……ま、おおかたは手内職や人足などをして、つましく暮らしておりますが、なかには強請《ゆすり》たかりを常習にしている不逞《ふてい》浪人もおります。人の懐中を狙って辻斬りをはたらく凶悪非道な者もすくなくありません」

すくなくないどころか、本所深川あたりにたむろしている浪人は、食う金、遊ぶ金につまれば押し込み強盗や辻斬りに豹変しかねない餓狼のようなものだ。

「そうであろう。剣術しか学んでこなかった侍が空手で金を稼ごうと思えば、刀にものを言わせるのがいちばん手っ取り早いからの」

一竿斎は深い溜息をもらした。

「泰平の世で、剣を遣うことしか知らぬ者が生きていくのは至難のことじゃ。とはいえ金がのうては食っていけぬ。……切羽つまれば刀にものを言わせるしかあるまい。人斬り地獄と言うたのはそのことじゃ」

「………」

ふと平蔵の脳裏を、一年前に刃をまじえた向井《むかい》半兵衛《はんべえ》のいかついい顔がよぎった。その半兵衛と重なって雪乃《ゆきの》のやつれた白い顔が見えた。

十

向井半兵衛は北陸の某藩の家臣だったが、藩が公儀によって取りつぶされ、浪人となった。妻の雪乃とふたりで江戸に出て、雪乃の手内職でつましく暮らしながら仕官の途を探したが、いつになっても途はひらけなかった。やがて米を買う銭にも困った半兵衛は、剣の腕を見込まれ、皮肉にも平蔵を討ち果たす刺客を引きうけたのである。刺客を請け負うからには腕に相当の自信がなければならないが、まさに半兵衛は尋常の遣い手ではなかった。

——半兵衛との斬りあいをしのぐことができたのは……。

ただ、おれの運がよかっただけだ、と平蔵は思っている。

半兵衛ほどの剣客でも、剣で生きていくことはむつかしい世の中なのだ。

師が、又市の行く末に人斬り地獄を見るのは無理からぬことだった。

「……卯女が案じておるのも、そこのところじゃ」

一竿斎は苦渋の色を顔にうかべた。

「いくら折り合いが悪かったとはいえ、又市は父と呼んでいた人を容赦なく殺し、国境を巡回していた山役人まで手にかけておる。人を殺すことをなんとも思わぬやつじゃ！」

一竿斎の語気が一変して険しくなった。

「卯女はな。……又市のことは、もはや見放した。あやつが罪を重ねぬうちに、わしの手で成敗してくれと言うてきたのじゃ」

「成敗とは、また……」

「いや。このまま捨ておけば、いずれ、あやつは捕り方の手につかまって打ち首になるのがオチじゃろう。その前にわしの手で成敗してほしいと願う卯女の気持ちは、せめてもの親心というものであろうよ」

「ですが、先生……又市どのは、もしかすると先生の」

「いらぬことを申すな！」

一竿斎の双眸がギラッと炯《ひか》った。

「いまさら子種の詮索などしてなんになる。……俗にも産みの親より、育ての親と申すではないか。赤子《やや》のときから身近にいて、泣けばあやし、むずかれば抱いて慈しんできたのはだれじゃ」

「……それは」

「卯女の夫となったおひとじゃ。又市の父と言えるひとはほかにはおらぬ。ちがうか、平蔵」

一竿斎の言は明快だった。

「その、おひとを殺害した又市めは、まがうことなき親殺しの大罪人じゃ！　わしとしても捨ておくわけにはいかぬ」

微塵の迷いもない決断だった。

「平蔵。……わしに手を貸してくれ」

師の双眸がひたと平蔵に向けられた。

「と、申されますと」

「あやつを探し出そうにも、どこを、どう探してよいか、わしには見当もつかんのだ。が、おまえなら江戸市中の地理にも明るく、公儀探索方の筋にも手蔓をもっておると伝八郎から聞いておる」

「伝八郎が、そのようなことを……」

「うむ。ふた月ほど前になるかの。小網町の道場を訪れたら伝八郎がひとりで弟子に稽古をつけておったゆえ、稽古がおわってから伝八郎を誘って酒を酌みかわした。そのとき伝八郎からいろいろと聞いた。なんでも、おまえは町方の同心から、女忍びにまで手蔓があるそうではないか」
――あいつめ！　ぺらぺらとよけいなことを……。
「たしかに公儀探索方の者を何人かは知っておりますが、公儀御用というのなら
ともかく、私用で気安く頼むというわけには……」
「そこをなんとかせい、平蔵」
一竿斎は無造作に懐中から紙入れをつかみだした。
「これを使うがいい。十五、六両は入っているはずじゃ」
「先生……」
「おまえにやるのではない。又市を探しだす出費《ついえ》じゃ。地獄の沙汰もなんとやら
と言うではないか。鼻薬がきくところには惜しみなく金を使え。人はタダでは動
いてくれぬものだ」
ここまで師から言われては断るわけにいかない。
「又市は人並みはずれた長身じゃ。しかも、額に刀傷がある。わしと立ち合《お》うた
とき、わしの小手打ちを右手にうけておる。骨にヒビぐらいは入っているはずじ
ゃ。医者にかかっておるとすれば人目にも立ちやすい。探しだすに、そう骨はお
れるまいと思うがの……」

「かしこまりました。できるだけの手はつくしてみます」

「居所がわかり次第、だれぞ見張りをつけておいて、わしに知らせてくれ。ただし、又市に逃亡の気配が見えたときは容赦はいらぬ。わしにかわって、おまえが討ち果たせ」

「わたしが……」

「おまえの腕なら、きっと討ち果たせる」

いまや佐治一竿斎の双眸には微塵の迷いもなかった。

「よいか、あやつの太刀筋は甲源一刀流とよく似ておった。……八双の構えから袈裟がけに斬りおろしてきた鋒が反転し、胴を狙って撥ねあげてくる。あの癖のある難剣を破るには霞《かすみ》の太刀《たち》を遣うがよい」

「霞の太刀……とは」

「うむ。鐘捲流の奥義のひとつ、谺《こだま》がえしにわしが工夫をくわえたものでな。まだ、だれにも伝えてはおらぬ」

一竿斎は脇差しを手にすると、すっと腰をあげた。

「それをいまから、そちに授ける」

「は……」

「この秘太刀を授けられるのは宮内と、おまえしかないときめておった。ただ、この秘太刀は真剣勝負のときにもっとも生かすことができる。おまえに伝えておけば秘太刀も生きるだろう」

宮内耕作は平蔵の兄弟子でもあり、紺屋町の道場を佐治一竿斎からゆずられた高弟である。その宮内をさしおいて秘太刀を授かるのは申しわけない気もしたが、剣士としてこれほど名誉なことはない。つつしんで受けることにした。

「かたじけのう存じます」

「よし、おまえの差し料をもって土間におりるがよい」

そう言うと、佐治一竿斎は新しい蠟燭に懸け行灯の火をうつし、土間におりて竈《かまど》の上に蠟燭を立てた。

ほのかな蠟燭の灯りが土間の薄闇に淡い光を投げかけている。

平蔵はソボロ助広を手にし、土間におり立った。

一竿斎は脇差しを抜きはなつと、竈の上にゆらいでいる蠟燭の火と向きあった。

師の眼には平蔵がついぞ見たことのない厳しい炯《ひか》りがさしていた。

ふいに一竿斎の上体が低く沈んだかと思うと、手の白刃がキラッ、キラッと二度閃いた。瞬きをする間もないほどの迅速の太刀さばきだったが、平蔵の眼には、あたかも優雅な舞いでも見ているように映った。

蠟燭の炎を白い一筋の光のように刃が走り、炎がスパッと上下に切れた。切れた炎をふたたび刃が両断したが、炎はそよとも動かなかった。

刃が走り抜けるとき刃風がおきる。刃風にあおられて炎がゆらぐはずだ。炎がそよとも動かなかったことに平蔵は衝撃をうけた。

身じろぎもせず、平蔵は眼をこらして、その太刀筋の残像を瞼《まぶた》に焼きつけた。

パチリと鍔《つば》鳴《な》りの音をひびかせて脇差しをおさめた一竿斎がゆっくりと平蔵に向きなおった。

「……見たか、平蔵」

「は……はい」

平蔵はひとつおおきく息をついてから、深ぶかとうなずいた。

# 第二章　凶《きよう》　刃《じん》

## 一

浅草の駒形堂は大川の河岸にある。

本尊は馬頭観音である。馬頭明王ともよばれ、頭上に馬の頭をいただき、憤怒の形相をした観世音菩薩像で、邪悪をこらしめる観音として江戸市民の信仰をあつめている。

御堂は石積みの上に建てられたちいさなものだが、桜の並木道沿いにあって、春は花見の名所のひとつにも数えられている。

その駒形堂の近くに、甘酒が名物の茶店がある。

夏場は水で冷やした心太《ところてん》や葛切りも出すが、この茶店の売り物はなんといっても甘酒だった。しつこくない、ほどほどの甘さが好まれ、四季を通して客の絶えることがない。

この茶店のもうひとつの看板は、お島《しま》という女主人だった。とびきりの別嬪《べっぴん》というわけではなく、年も三十九歳という大年増だが、色白でふっくらした顔になんともいえない愛嬌がある。

十二年前に亭主とふたりで茶店をはじめたのだが、三年前に亭主が死んでからは、お島がひとりで店をつづけているのだ。

子はなかったが夫婦仲は人もうらやむほどだったらしい。お島が後家になってから何人か言いよる男がいたそうだが、亭主のことが忘れられないものと見え、いまだに浮いた噂がない。

店といっても住まいの横の空き地にトントン葺《ぶ》きの屋根を張り、まわりを板壁でかこい、土間に縁台をいくつか置いて雨風しのぎに葦簾《よしず》を立てかけただけだ。

おとくという通いの運び女をひとり雇っているだけでことたりる、ごくつましい商売だが、女ひとり暮らしていくには困らないだけの日銭がはいる。

おとくは近くの長屋に住んでいる大工の女房で、お島より十一も年下だが三人の子持ちで、四つ（午前十時）ごろに店にきて、七つ半（午後五時）になると急いで家に帰る。

そのころには、お島も店をしめ、湯屋にいって一日の疲れをいやす。住まいは店の奥にある六畳と四畳半の二間しかないが、女のひとり暮らしには充分だった。

この三日ばかり、秋の長雨がしびしびと降りつづき、客足もすくなかった。

「いやですねぇ。こう降られたんじゃ、ろくに洗濯もできやしない」

おとくが葦簾ごしに恨めしそうに空を見あげたとき、深編笠《ふかあみがさ》を目《ま》ぶかにかぶった長身の侍がぬっと入ってくると、無言で隅の縁台に腰をおろした。

右手は懐手のまま、左手で大刀を腰からはずし、わきにおいたが、深編笠をとろうとはしなかった。

濃い鼠色の袷《あわせ》を着流しにし、素足に草履《ぞうり》ばきという軽装である。浪人のようだが暮らし向きはよいらしく、身なりに垢じみたところはなかった。

「ちょっと、おかみさん……」

おとくが眉をひそめて、あごをしゃくってみせた。

「今日で五日目ですよ。あの浪人さん……」

「いいじゃないの。ごひいきにしてくださってるんだから」

「だって、なんだか陰気くさくって、キビが悪いっちゃありゃしない」

おとくはよく働いてくれるが、客の品定めをする癖がある。

「そういうこと言わないの」

お島はおとくをたしなめると、カラコロと下駄の音をひびかせて浪人に近づいて愛想よく声をかけた。

「いらっしゃいまし」

浪人はあいかわらず深編笠をかぶったまま、お島のほうを見ようともせず、ぶっきらぼうな声で甘酒を注文した。

おとくが甘酒を運んでいったが、すぐには口をつけようともせず、黙って雨に煙る駒形堂を眺めている。

「おかしな、お侍さんですね」

おとくが小首をかしげて、ささやいた。

「べつに甘酒が好きでもなさそうだし……だれかを待っているふうでもなし」

「おとくさん……」

また、はじまったと、お島が目で睨んだとき、印半纏《しるしばんてん》を引っかけた馴染みの火消しが二人、威勢よく入ってきた。

「よお、お島さん。いつ見ても色っぽいねぇ」

「これで後家たぁ、お釈迦さんも罪つくりなことをするぜ」

「もう、よしてくださいよ。こんなおばあさんをつかまえて」

お島が笑いながら、手でぶつ真似をして見せた。

「へっ、お島さんがばあさんなら、世の中、ばあさんだらけだ」

「おい、だったらおれんちの嬶《かか》ぁもばあさんかよ」

「きまってらぁな。おめぇの女房なんざ、ばあさんが石臼抱いて昼寝してるようなものよ」

「ぬかしやがったな。この野郎！」

いや、もう、その賑やかなこと、おとくが運んでいった甘酒をすすりながら、ひとしきり四方山話に花を咲かせて、引きあげていった。

「あら……？」

気がついてみると、隅の縁台から深編笠の浪人の姿が消えていた。

縁台の上には、いつものとおり甘酒の代金二十文がちゃんと置いてある。

「いつの間にお帰りになったのかしら……」

「いいんですよ。あたしゃ飲み逃げかと思いましたよ」

おとくが甘酒の茶碗を片づけかけて、すっとんきょうな声をあげた。

「いやだ。紙入れがこんなところに……」

縁台の下に渋い印伝《インデン》の紙入れが落ちていた。

「あの浪人さんがおっことしていったんですよ」

「え……」

おとくが拾った紙入れを手にしてみると、小判でも入っているのか、ずしりと持ち重りがした。

「どうしよう。なんだか大金みたいだけど……」

お島は眉をひそめたが、おとくはこともなげに、

「落とし物は拾い物、おかみさんがもらっちゃいなさいよ」

「もう、おとくさんたら……」

「ふふふ、じょうだんですよ。そのうち泡食ってもどってくるでしょうよ」

「そうね」

だが、店じまいする七つ半になっても深編笠の侍はもどってこなかった。

気になったが、明日になれば取りにくるだろうと思って、おとくを家に帰すと、店をしめ、番傘をさしていつものように湯屋に向かった。

熱めの湯につかり、冷えきった躰をあたためると、一日の疲れが潮が引くようにとれてくる。湯船から出て、糠袋《ぬかぶくろ》で丹念に全身をこする。三十九歳のお島の肌

はすこしのゆるみもなく照りかがやいている。だが、なんとなくむなしい。

いまの暮らしにはなんの不足もないが、このまま年老いていくのかと思うと身の毛がよだつ。それでは、あんまりさみしすぎる。

夫が死んでから三年、べつに夫に操を立てとおしているつもりはなかった。男が言いよってくるたび、血がざわめいた。だが、踏ん切りがつかなかった。お島は夫のほかに男を知らない。知らない男に抱かれることが、なんとなく怖いのだ。子を産んだことのないお島の乳房はむっちりと盛りあがって、たるみひとつない。お島はぎゅっと乳房をつかみあげた。乳房の芯がずきんと疼いた。

ふっと溜息をもらし、お島は糠袋をつかむと邪険な手つきでぐいぐいと全身をこすりはじめた。

二

この時刻、女湯はめっきり客がすくなくなる。

所帯持ちの女房は亭主が帰ってくる前の七つ（午後四時）前か、夕食後の六つ半（午後七時）すぎに湯屋に行くのがほとんどで、商店に住み込みの女中たちも夕食をすませたあとの六つ半ごろに来るものが多いからである。

お島が湯からあがると脱衣場にはだれもいなかった。

湯あがりで火照った躰に腰巻をまとって汗を団扇《うちわ》で冷ましていると、番台から顔馴染みの爺さんが声をかけてきた。

「あいかわらず色っぽいね、お島さん。まるで錦絵から抜けだしたみてぇだよ」

「ふふ、ふ。そう言ってくれるの、おじさんだけよ」

「その躰でひとり身たぁ、もったいねぇなぁ。おいらがもうちっと若かったら目の色かえて口説くところだよ」

「あら、まだ遅くはないわよ。おじさん」

「へっ、うれしいことを言ってくれるねぇ」

爺さんはぴしゃりとおでこをたたいた。

「けどよ、いくらその気になっても肝心のデチ棒が役立たずじゃ、どうしようもねぇやな」

おやじは歯ぬけの口をお猪口《ちょこ》にすぼめ、ふわっふわっふわっと空気の抜けたような声で嗤《わら》った。

「まだ、そんな年でもないでしょうに」

お島は愛想よく受けながしながら、肌襦袢《はだじゅばん》の上から藍染めの袷をつけた。

番台から爺さんがチラチラと粘っこい目を投げかけてくる。女客は助平爺ぃと陰口をたたくが、お島はそうは思わない。この爺さんにも見向きされなくなったら女はおしまいだと思っている。爺さんも男に変わりない。熱っぽい目で裸を見られるのは女としてちょっぴり快い刺激がある。

――まだ、あたしも捨てたもんじゃないわね……。

せいぜい爺さんに目保養をさせてやってから、お島は帯をしめた。

「せっかく湯であったまったんだ。濡れねぇように気ぃつけてけぇんな」

「だいじょうぶ、うちまでほんのひとっぱしりだもの」

ポンと帯をたたいて愛想よく番台に笑みを投げかけた。

「じゃ、また明日ね」

下足箱から下駄を出してつっかけ、着物の裾をちょいとつまみあげると、番傘をひらいて髪を濡らさないよう前かがみになって家路を急いだ。

とうに薄闇につつまれた河岸の道は人影もまばらだった。

このところの長雨で道がぬかるんでいる。せっかく湯屋に行ってきたというのに、下駄のはねっかえりの泥が素足にこびりつく。足は雑巾で拭けばいいが、着物は汚したくなかった。

お島は膝小僧のあたりまで裾をたくしあげると、小走りになって家の軒下に駆けこんだ。番傘をすぼめ、家の引き戸をあけかけたお島は背後に人の気配を感じ、ギクッと振り向いた。

「だれかいるの？」

住まいと店のあいだに立てかけてある葦簾の陰から、例の深編笠の侍がのっそりと歩み出た。

「おどろかせて、すまぬな」

深編笠で顔は見えないが、声は思ったより穏やかで、優しげだった。

「どこかで紙入れをなくしてしもうてな。こころあたりを探しているうち、ここまで来てしまった」

「ああ、あの印伝の紙入れでしたら、ちゃんとおあずかりしていますよ」

お島はたくしあげていた着物の裾をおろしながら、引き戸をあけて深編笠を振りかえった。

「おすわりになってた縁台の下に落ちていましたよ。お帰りになるとき気がつけばよかったのに、ついうっかりしちゃって、すいませんね」

「やはりここだったか。いや、それは助かった」

「ちょいとお待ちになってくださいな。いますぐ、お持ちしますから」

いそいで土間に駆けこみ、茶の間の火鉢から埋もれ火をかきおこし、付け木に火をうつして行灯《あんどん》の火をともした。

雑巾で手早く足の泥を拭きとると、お島は寝間がわりにしている奥の四畳半に足を運んだ。仏壇のうしろに隠しておいた紙入れを取りだし、土間にもどりかけて、お島の顔がこわばった。

いつの間にか、深編笠の侍が断りもなく土間に入りこみ、上がり框《かまち》に腰をおろしていたのである。

腰の両刀は帯からはずしてわきに置き、深編笠の緒をほどきかけていた。怪我でもしたのか、右の手首には白い包帯が巻いてあった。

侍がしめたものらしく、いつの間にか表の引き戸はしまっている。なにやら胸さわぎがした。

「あの、これで、ございますね……」

片膝ついて、警戒しながら、おずおずと紙入れをさしだした。

「おお、手数をかけたな」

深編笠をぬいで、こっちを振り向いた侍の顔を一目見るなり、お島は息がつまりそうになった。惣髪《そうがみ》にした侍の額を斜めに走る無惨な刀傷が、お島の目に飛びこんできたのである。

「ふふ、この刀傷が気になったか」

お島のようすを見て、侍は指で額の刀傷をなぞり、ホロ苦い目になった。

「どこでも、この刀傷を見たおなごや子供はみんな怯える。だから編笠をかぶっておるのだが、見苦しいものを見せてしまったな」

「い、いいえ、そのような……」

「刀傷としては些細なものだが、おなごには恐ろしげに見えよう」

「申しわけありません。つい、もうびっくりしてしまって……」

「なに、かまわぬさ。人に怖がられるのには馴れておる」

侍は気さくに受けながし、紙入れから一分銀をふたつつまみだすと、お島にさしだした。

「すくないが取ってくれ。拾うてくれた礼だ」

「いいえ、めっそうもない。そのような……」

「よいから取っておいてくれ。さもないと、おれの気がすまぬ」

畳に置いた一分銀を、お島のほうに押しやった。

お島は迷ったが、断れば気分を害しかねないと思った。

「そうですか、じゃ、おことばに甘えて……」

膝をおしすすめ、一分銀に手をのばした瞬間、侍の左腕がむんずとお島の手首をつかみとり、たぐりよせた。

「あ……」

「さわぐでない」

威圧するような声だった。

「それがしは隠密に公儀御用をつとめる者だ」

「え……」

公儀御用といういかめしい言葉が、お島を金縛りにした。

「お島さんというたな」

「え、ええ……」

「われらが追っている抜け荷の一味が、駒形堂の前で落ち合うらしいという情報をつかんで見張っておるところだ。茶店では人目につきすぎるゆえ、この部屋を借り受けたいのだ。むろん、それなりの借り賃は払う。異存はないな」

お島は仰天した。いくら公儀御用と言われても、なにせ、この家は女ひとりの所帯である。近所の目もあるし客商売にもひびきかねない。

が、そんなお島の困惑など、この男は露ほども感じていないようだった。

「これは当座の借り賃だ」

そう言うと男は、紙入れから無造作に小判をつかみ出し、畳の上にジャラリと投げやった。

小判が十数枚、行灯の灯りに黄金色にきらめいた。

「迷惑料は後日あらためてということでよいな」

「は、はい」

嫌も、応もない。言うなりになるしかなかった。

「申すまでもないが、おとくとかいう店の運び女にも、このこと一切口外してはならぬ。もらせば斬る」

仮借ない声だった。恐怖がお島を抱きすくめた。

怯えているお島の手首をつかみとると、男はぐいと引きよせた。

「あ……な、なにをなされます」

もがいたが、アッという間もなく強靭な男の躰に組み敷かれ、お島は万力にしめつけられたように身動きできなくなってしまった。

男の手が容赦なくお島の着衣をむしりとる。

「怖がらずともよいぞ」

男は乾いた声で、低く嗤《わら》った。

「おなごの口をふさぐには、下《しも》の口をふさげという。躰と躰をつなげば他人ではなくなるゆえ、な」

行灯の灯りに白くたわわに見えるお島の乳房を掌につかみとると、男はやわやわとなぶりはじめた。

「おお、おお。たっぷりと張りのある乳じゃ。まるで手指に吸いつくようだの。後家にしておくには惜しいわ」

声は優しげだが、男の双眸《そうぼう》には人のぬくもりというものが感じられなかった。

お島は恐怖と羞恥に身がすくみ、全身に脱力感をおぼえた。

――もう、だめ……。

お島は観念した。

――男に手ごめにされそうになったら、したいようにさせてやることさ。おとなしく目をつぶってりゃすむんだからね。

ふいに亡くなった母親の口癖を思いだした。

――下手に逆らって殺されるよりまし……。

そう思いなおすと気が楽になった。

女も三十九歳になれば度胸がすわる。お島はひらきなおって男のなすがままに身をゆだねた。

やがて男の手が容赦なく太腿を押しひらいた。

「ほう、湯あがりのまんじゅうがほどよう食べごろに蒸しあがっておるわ」

男の手指が臍《へそ》の下のなめらかな腹のふくらみをすべりおり、柔らかな茂みを探りあてた。指が茂みをかきわけ、芯芽をとらえた。指が巧みに芯芽をなぶる。疼くような感覚が、背筋から脳髄にかけてズキンと鋭く走りぬけ、お島はぶるっと全身をふるわせた。

やがて、ごつごつと節くれだった一物が、ぎしぎしときしみながらお島の胎内にめりこんできた。まるで口いっぱいに異物を頬ばったような感じだった。男の腰がゆっくりと律動をはじめた。動きはおそろしく緩慢だったが、圧力があった。

――女の躰は男に抱かれるようにできているのさ。男なんてみんなおんなじようなものなんだからね。高麗屋《こうらいや》も公方《くぼう》さまも男に変わりはありゃしないよ。上野の水茶屋で酌取り女をして、女手ひとつで育ててくれた母親の声が遠くから聞こえてくるような気がした。

幼かったお島の寝ているそばで、毎夜のようにちがう男に抱かれていた母のことを思いだした。そんな母が嫌でたまらなかった。やめてくれと泣いて頼んだこともある。

——ばかだねぇ。女だからこそ、いい思いをしてお銭《あし》がもらえるんだ。贅沢《ぜいたく》いっちゃバチがあたるよ。男が洟《はな》も引っかけなくなったら女はおしまいさ……。

ことなげに噯う母の声が聞こえてくるようだった。

男の息遣いがせわしなくなってきた。熱風のような荒々しい息が、お島のうなじにふいごのように吹きつける。

行灯の油が切れたのか、灯芯がチリチリと音を立て、いまにも灯りが消えそうになっている。

トントン葺きの板屋根をたたく雨の音が、ひとしきり強くなってきた。

三

神谷平蔵は朝っぱらから井戸端で洗濯物の山と格闘していた。

数日前、柄にもなく風邪をひいて寝こんでしまった。伝八郎に誘われるまま飲んだ深酒がたたって夜中に布団を蹴飛ばし、寝冷えしてしまったのだ。

発熱し、二日間は小便に立つにも足がふらついた。むろん飯など食う気にもなれず水っ腹ですごした。三日目に熱はさがったものの、今度は熱が腹にまわったらしく下痢に悩まされた。あいにく共同便所だから、便意をもよおしてきたなと思ったら尻をまくりあげ、路地を裸足で走るしかない。間にあわず途中でもらしてしまったこともあった。御虎子《おまる》を買っておけばよかったと悔やんだが、後悔先にたたずだ。

秘伝の下痢止めがきいてどうにか腹はおさまった。四日目にはふらふらしながらも、なんとか粥《かゆ》を炊いてしのいだ。ようやく、まともな飯が食えるようになったのは昨日の夜からである。

いま、洗濯しているのは薄汚い褌《ふんどし》と、汗をたっぷり吸った肌着である。

晩秋の江戸は北風が強く、骨身にこたえる。嫂《あによめ》からもらった綿入れの胴着で達磨《だるま》のように着ぶくれし、首に手ぬぐいを巻きつけるという、なんともしまらない格好だった。

近所のかみさんたちも洗濯を手伝ってくれるほど親切ではなさそうだった。

もっとも亭主のものならともかく男の越中褌の洗濯に手を出したりしたら、なにを言われるか知れたもんじゃないだろう。

だいたいが医者が風邪をひいたなんて笑い話のタネになるのがオチだ。

しみじみと男の独り暮らしの悲哀を嚙みしめながら、越中褌をすすぎ洗いしていたとき、聞き覚えのある女の声がした。

「あら、神谷さまではありませんか……」

「……ん？」

ひょいと顔をあげた平蔵、すっとんきょうな声をあげて立ちあがった。

「や、や、こ、これは……」

どうも言葉づかいに品があると思ったら、文乃だった。

文乃は磐根藩の側用人《そばようにん》桑山佐十郎の上女中で、伝八郎が恋い焦がれている想い人でもある。

「おや、まぁ、たいへんなお洗濯物ですこと」

文乃は小走りに駆けよると、たちまち帯締めの紐をとって襷《たすき》がけになり、着物の裾をからげ、平蔵の手から褌をひったくった。

「わたくしにおまかせくださいませ」

「い、いや、それは……」

平蔵、泡を食ったが、文乃はさっさと井戸端にしゃがみこむと、手ぎわよく褌を濯ぎ洗いにかかった。

「う、う……」

平蔵、どこぞに洗い残しの黄色いシミでもついていないか気が気ではない。

「さ、神谷さまは家におもどりになっていてくださいまし」

「す、すまぬな……」

「なにをおっしゃいます。家事はおなごの仕事でございますもの」

袖をまくりあげた文乃のふっくらした腕の白さがまぶしかった。

――伝八郎がこの場面を見たら目を三角にしかねんな。

ちょっぴり後ろめたくもあったが、やれやれ助かったという思いのほうがずんとおおきかった。

ほっとして家にもどって、こりゃいかん、とまたあわてた。

なにしろ、布団は敷きっぱなし、粥の土鍋は出しっぱなし、箱膳には茶碗に箸に梅干しの食いかけまでがのさばっている。枕元には半月前に貸本屋が置いていった豪華絢爛たる色刷りの挿絵が入った男と女の色事をおもしろおかしく書いた黄表紙本がバカッとひらいてほうりだしてある。こんなものが文乃の目にふれたら平蔵の品格を疑われること請け合いだ。

布団といっしょにまるめこんで隣の三畳間に蹴りこみ、土鍋と茶碗と箸を流しの洗い桶にぶちこんだところで、間一髪、文乃が洗濯物をかかえて入ってきた。

「なにをしてらっしゃるんです。そんなことはわたくしがいたしますから、おすわりになっていてください」

さっさと流しの洗い物を片づけ、火鉢から埋もれ火をかきだし、炭をつぐと七輪に火を熾《おこ》し、湯を沸かしているあいだに手早く洗濯物を干しおえてしまった。

――いやはや、なんとも、おなごというのはたいしたもんだな。

平蔵ならたっぷり半日はかかるところを、文乃は四半刻とかからず苦もなく片づけてしまった。

お茶を淹《い》れて平蔵に出すと、文乃は襷をとってつつましく正座した。

「突然におうかがいして申しわけございませぬ」

「いやいや……とんだ造作をかけて、あいすまぬ」

「神谷さまも江戸屋敷の仕打ちには、さぞ、お腹だちでございましょう」

「ん？　いや、出稽古のことなら、なんぞ藩内にゆきちがいがあったのだろう。先日、佐十郎に文をしたためて飛脚を頼んだゆえ、いずれ佐十郎からなにか申してまいろう」

　ふいに文乃の眉が曇った。

「これを、ご覧くださいまし……」

　文乃は懐から一通の文をとりだし、平蔵の前にさしだした。

「桑山さまから、神谷さまにあてた文でございます」

「佐十郎の……？」

「はい。昨日、磐根の実家から国元の産物を届けてまいりましたが、その荷のなかに桑山さまの文が入っておりました。届けてきたのは行商の薬売りでしたが、むろん、かの者は文が入っていることなど気づいてはおりますまい」

「そりゃ、いったい……」

　どういうことだ。なぜ桑山佐十郎は飛脚に頼まず、そんな面倒なことをしたのか。

「神谷さま……」

文乃が膝をおしすすめ、ひたと平蔵を見つめた。

「ご存じありますまいが、桑山さまは国元で殿のご勘気にふれ、側用人のお役目をとかれ、謹慎を命じられたそうにございます」

「なに！　佐十郎が……謹慎」

「ともあれ、文をお読みくださいまし」

「う、うむ……」

文乃にうながされ、平蔵は気ぜわしく佐十郎の文に目を通した。


磐根藩主左京大夫宗明は英邁《えいまい》な君主だったが、女色を好む癖があった。

一昨年、宗明は次席家老の渕上隼人正《ふちがみはやとのしょう》の姪《めい》にあたる志摩《しま》という十九歳になる家臣の娘の舞いを見て、その美貌に一目惚れした。

志摩の父親は普請組に属する三十石の軽輩だったが、渕上隼人正の養女ということにして側室に迎えた。

その志摩の方が懐妊し、この夏、男子を産み落とし、先君光房《みつふさ》から房の一字をとって房松《ふさまつ》と名付けられたという。

寵愛《ちょうあい》している志摩の方が産んだということもあり、宗明は房松を溺愛しているが、この房松の誕生が藩内に思わぬ内紛を引きおこした。

これまで磐根藩の世子は伊之介《いのすけ》ぎみときまっていたが、家臣のなかにはいまだに伊之介ぎみを世子とすることを快く思っていない者がすくなくなかったらしい。

その原因のひとつが伊之介の素性だった。

伊之介の母の園《その》は水小屋の番人の娘で、城に奥勤めにあがり、湯殿で垢《あか》すりの下女をしていた。その園に、まだ若かった宗明が手をつけ、懐妊させてしまった。

そのころは先代の光房が健在だったから、垢すりの下女を懐妊させたということが知れたら光房の激怒をうけると恐れた宗明は、近習の古賀伊十郎《こがいじゅうろう》に園の身柄を託して脱藩させた。

古賀伊十郎は妻の縫《ぬい》とともに園を守って江戸に向かった。その途中の旅宿で園は難産の末に伊之介を出産したが、不帰の人となってしまった。

縫はすこし前に赤子を死なせたばかりで、まだ乳が出ていた。

伊之介を守りながら江戸についた古賀伊十郎と縫は、新石町の弥左衛門店に住まいを借り、伊之介に伊助という仮の名をつけ、表向きは親子三人としてふるまっていた。

このあとのことは平蔵も知っているとおり、古賀伊十郎が流行《はや》り病いにかかって病死し、残された縫は針子の内職をしながら伊之介を育てていた。

その弥左衛門店に引っ越してきた平蔵が縫とわりない仲になったのだ。

そのころ磐根藩主となっていた宗明に男子が生まれないことから、世子をめぐって藩内に紛争がおきた。

かつて養父の夕斎とともに磐根藩にいたことがある平蔵は、親交があった桑山佐十郎に頼まれるまま藩の内紛解決にかかわることになったのだ。

内紛は伊之介が磐根藩の世子に迎えられ、ようやく決着がつき、縫も伊之介の乳人《ちのひと》として二百石の扶持を拝領する身となったのである。

しかし、世子に迎えられはしたものの、伊之介はなかなか城暮らしの行儀作法に馴染《なじ》めず、つい長屋育ちの腕白坊主の地金が出てしまう。

かねてから伊之介の生母の園の素性が卑しいことをあげつらっていた家臣たちは、房松の誕生で、一気に伊之介廃嫡《はいちゃく》に向かって動きだしたという。

房松の生母である志摩の方は、次席家老の職にある渕上隼人正の養女という筋目正しい出自があり、なによりも房松には伊之介のような市井の垢がついていない。

もとより渕上隼人正にとっても、房松が世子になれば藩内での権力は盤石のものとなる。

――房松ぎみを世子に……。

という家臣たちは「筋目派」と称し、渕上隼人正を中心に会合を重ねて勢力をひろげていた。

これを危惧した佐十郎は、左京大夫宗明に膝づめの談判をしたのだという。ところが、そのときの佐十郎の言動があまりにも激越だったことから宗明の不興を買い、逆に側用人罷免のうえ、謹慎を命じられた。これがことのいきさつだと、佐十郎は文に記していた。

ただし佐十郎は、あくまでも宗明公の英邁を信じているから、平蔵が案じるにはおよばないと付言していた。

四

「文乃どの……」

佐十郎の文を巻きもどし、平蔵は茶を淹れている文乃に目を向けた。

「佐十郎は伊之介ぎみや縫どののことについては何もふれておらんが、なにか聞いておられるか」

「はい。若君さまと縫さまは夏の終わりごろ、石栗郡《いしぐりごおり》の別邸にお移りになったと聞いております」

石栗郡は磐根の北西にある山地で、夏は涼しくてすごしやすいが、冬は厳寒の地である。別邸は夏の保養地として建てられたものだが、藩主が足を運ぶことはめったにない。

――やはり、な……。

夏の終わりごろというと、志摩の方が男子を出産して間もなくのことだ。

世子の伊之介を別邸に移すという措置の裏には、渕上隼人正の意図があらわれていると見ていいだろう。

まさかとは思うが、別邸に移しておいて密かに刺客を放って謀殺するという手もないとはいえない。だいたいが国侍というのはせまい藩内のことしか頭にない手合いがそろっているから、暴挙を正義と勘違いしかねないところがある。

平蔵が眉を曇らせたのを見て、文乃が膝をおしすすめてきた。

「神谷さま。おふたりの身を案じておられるのですね」

「うむ……」

文乃は平蔵の危惧をときほぐすように笑みをうかべた。

文乃は撫で肩で、首筋もほっそりしているから華奢《きゃしゃ》に見えるが、きちんと正座した腰まわりや腿の肉には厚みがある。茄子紺《なすこん》の袷《あわせ》の襟からほのかな肌の匂いがただよってきて、平蔵は思わずたじろいだ。

「桑山さまは、おふたりの身辺警護に土橋精一郎《どばしせいいちろう》さまをはじめ藤枝《ふじえだ》道場門下の腕利きを近習としておつけになっておられます」

「ほう、それは……」

藤枝道場は磐根藩の城下では屈指の剣道場で、道場主の藤枝重蔵《じゅうぞう》は平蔵とおなじく佐治一竿斎の高弟である。それに平蔵が知るかぎりでは、磐根藩では剣の腕で土橋精一郎の右に出るものはいないはずだ。

「それに万が一、事態が切迫してきたときは、神谷さまの手を借りることもありうると申しておられました。そういうときは、わたくしのところにすぐにも知らせが届くことになっております」

思慮深い目でほほえんで見せた文乃を、平蔵はあらためて見なおした。どうやら話のようすでは、文乃は単なる上女中ではなく、佐十郎にとっては江戸屋敷における片腕のような存在らしい。

「それに……」

と、また文乃はつけくわえた。

「殿はけっして暗愚なお方ではございませぬ。若君さまのお身に異変がおこるようなことがあれば黙っておられますまい。そのことは渕上さまのほうも心得ておられましょうから、まず、めったなことはないと存じます」

文乃はきっぱりと言ってのけた。見た目はおっとりしているが、なかなかどうして洞察力もたしかなようだ。

そのとき表の戸がガタピシと引きあけられ、

「せんせい、ちょいと診《み》ておくんなさいよ。ア、イタタタッ」

けたたましい声がした。むかいの魚屋の女房のおきんだとすぐにわかった。またぞろ、持病の江戸病い（脚気《かっけ》）がぶりかえしたらしい。

「ま、お客さまのようですよ」

文乃がすっと腰をあげ、着物の裾を品よくさばいて立っていった。

# 五

「ね、せんせい……」

平蔵の治療をうけながら、おきんが目をすくいあげた。

「今度こそ、逃がしちゃだめですよ」

「なんのことだ」

「ふふ、とぼけちゃって、このう……ア、イタタタッ」

「そういうのをゲスの勘繰りと言うんだ。さ、もういいから、あとは薬を飲んで、しばらくはおとなしく家でじっとしてるんだな」

「そんな、せっかくの芝居月が来たってのに殺生ですよ」

十一月は芝居小屋が役者の顔見世興行で競いあい、芝居好きの江戸の女たちが浮かれる月である。芝居好きのおきんは、亭主の世話などそっちのけで出かけるつもりらしい。

「ばか。役者見物などにうつつをぬかしてたら、脚気が心ノ臓にまわっておだぶつになるぞ」

「いいですよ。成田屋と心中するんなら、あたしゃ本望ですともさ」

「ま、好きにしろ。亭主もそのほうがホッとするかも知れんて」

「もう！」

おきんがプリプリして引きあげていったあと、めずらしく患者がひっきりなしにやってきて、ようやく手がすいて一息ついたのは八つ（午後二時）すぎだった。

文乃は患者の応対の合間をぬってかいがいしく台所に立ち、アサリと油揚げの炊きこみご飯をつくってくれた。

「こんなことをしていて、お屋敷のほうはいいのかね」

「ご心配にはおよびませぬ。屋敷にいたところで用のないからだですもの。さ、あったかいうちに召しあがってくださいまし」

箱膳には豆腐と葱の味噌汁に、秋刀魚《さんま》の塩焼きまでついている。

「お、豪勢だな」

「その秋刀魚は、お隣のご新造からわけていただいたものです」

「ははぁ、あの腹ぼてのご新造か」

「ま……お口の悪い」

文乃に睨まれてしまった。

ふたりで向かいあって遅い昼飯をとった。若い女と差し向かいで飯を食うことに馴れていない平蔵は、なんとなく面映ゆくもあったが、ひさしぶりにちゃんとした飯にありついた気がした。

文乃は先に食べおわり、てきぱきと洗濯物をとりこむときちんとたたみ、針と糸を手にして繕い物にかかった。穴の空きかけた足袋や脇の下のほつれかかった肌襦袢、紐の切れかかった褌にいたるまでつぎつぎに繕いにかかる。

まるで、この家にずっと住みついているかのような文乃を見て、平蔵、なんともむずがゆい気分になった。

七つ（午後四時）ごろ、平蔵は屋敷に帰る文乃といっしょに家を出て、小網町の道場に行くことにした。

佐十郎の文を読めば、磐根藩上屋敷への出稽古の目途は当分立ちそうもない。このことを伝八郎と甚内に告げておかなければならない。

新石町の木戸を出て神田橋御門のほうに向かいかけたとき、それまでつつましく二、三歩遅れてついてきていた文乃が肩を並べてきた。

「神谷さま……」

「うむ？」

「本銀町《ほんしろがねちょう》に阿波屋《あわや》という藍染《あいぞ》めの店がございますが、ご存じですか」

「ああ、駿河台の嫂《あによめ》が贔屓《ひいき》にしている店だが、それがどうかしたか」

「わたくしの従妹《いとこ》で絹《きぬ》というのが阿波屋の二代目に嫁いでおりますゆえ、わたくしにご用のときは遠慮なく絹に申しつけてくださいませ」

「ということは、じかに江戸屋敷には行かんほうがいいということだな」

「はい。江戸家老はもとより、神谷さまが桑山さまと昵懇《じっこん》の仲だということは知らぬものがございませんから」

「ははぁ、江戸家老は渕上派ということか」

「数名の者をのぞいて江戸屋敷は渕上さまの息のかかった者がほとんどと申してよろしいかと存じます」

「よし、わかった。阿波屋の絹どのだな」

「では、わたくしはここで失礼いたします」

「うむ。いかい造作をかけてすまなんだの」

「いいえ、わたくしは楽しゅうございました」

文乃は羞じらうようにほほえんだ。

「国の実家は扶持十五石の足軽でしたから、神谷さまのお住まいにおりますと国元の実家にいるような気がいたしましたの」

「そうか、あんなむさいところでよければ、いつでも参られよ」

「はい。今度は、もうすこしおいしい物をつくってさしあげます」

文乃はこぼれるような笑みをうかべると、深ぶかと腰を折ってから神田橋御門のほうに去っていった。深い茄子紺の袷に白地の帯が品よく映えて見える。しばらくぶりに女の濃《こま》やかなぬくもりにふれたような気がした。

六

道場に顔を出すのは十数日ぶりだった。

「お、気楽とんぼめが。どこをほっつき歩いておったのだ」

汗だくになって弟子に稽古をつけていた伝八郎が目で笑いながら睨みつけた。

「ばか。風邪をひいて寝こんでおったのだ」

「なんだ、なんだ。医者の不養生など自慢にもならんぞ」

見所《けんぞ》にいた井手甚内も顔をほころばせて立ってきた。

「そう言えば、すこしやつれたように見えるが、もう大事ないのか」

「昨日あたりから飯も食えるようになったから、心配はいらん。それよりふたりに話したいことがある」

稽古は麦沢圭之介《むぎさわけいのすけ》にまかせて、ふたりを奥の離れに誘うと、佐十郎の文を見せて磐根藩の現状を説明した。

「そうか、そういうことなら出稽古の復活は当分望めそうにないの」

さすがに温厚な井手甚内もホロ苦い目になった。

「やむをえぬ。しばらくはやりくりしてしのぐしかあるまい」

「それにしても、だ」

伝八郎が目を三角に尖らせた。

「またぞろ、お家騒動の蒸し返しとはいただけんな。いったい、磐根藩はどうなっとるんだ。これで三度目だぞ」

「うむ。病巣の根が深いと言わざるをえんな」

さすがに平蔵も渋い目になった。

「だいたい、英邁か何か知らんが、宗明公というのも始末に悪い藩主だの。ちゃんとカミさんもいりゃ、妾も何人かおるんだろう」

伝八郎にかかっちゃ、大名の奥方も長屋の女房並だ。

「それでも足りずに、だ。シマだかなんだか知らんが、またぞろ新しい女に手を出すなんぞ、ド助平もいいところだ。この、おれを見ろ、おれを……心身ともに壮健な男子が齢三十路《よわいみそじ》をすぎたというのに、いまだに孤閨を余儀なくされておる。不公平とは思わんか、ん？」

伝八郎の憤懣は正義というより、やっかみに近いところがあるが、正論と言えなくもない。

「まぁ、そう宗明公を責めては酷というものだ」

甚内が苦笑しながらなだめた。

「君主などというのは、所詮が種付け馬のようなものと相場がきまっておる。できるだけ多くの男子をもうけるには女漁りするしかあるまいよ」

「けっ！　女に子を産ませたいのなら、せっせと女房相手にはげめばよかろうが。おれなら年に一度は孕《はら》ませてやる」

出稽古料がフイになった腹癒せか、伝八郎の怪気炎はとどまるところを知らない。

そのとき、廊下で優しげな若い女の声がした。

「あの、お茶をおもちしました」

「おっ、奈津どのか」

伝八郎が声をはずませて腰をあげると、いそいそと襖をあけた。

廊下に質素な身なりの若い娘がひざまずいていた。

「さ、さ、入られよ」

伝八郎は手をとらんばかりに娘を室内に招きいれた。

「神谷。この娘御《むすめご》は奈津《なつ》どのといっての、圭之介の末の妹御なのだ。見知っておいてくれ」

「ほう、圭之介の……」

奈津という娘は明るい気性らしく、両手をつくとハキハキと挨拶をした。

「奈津と申します。神谷さまのことは兄からよくうかがっております。なんでもお医者さまもなさっていらっしゃるとか」

「なに、さまがつくほどの名医じゃないが、具合が悪くなったら遠慮なく来るがいい。今日は圭之介に用でもあったのかね」

「いいえ、本舟町の足袋屋《たびや》さんに内職の品を届けにきた帰りです」

奈津は足袋のコハゼを縫いつける内職をしているのだという。

ほめると初々しく頬を染めた。素顔のままだったが、婚期を迎えた娘の色気が全身にみちみちている。

「どうだ、圭之介とは似ても似つかぬ美形だとは思わんか。ん？」

伝八郎がでれりと目尻をさげているのを見て、

――ははん……。

ピンときて甚内に目を向けると、苦笑しながら甚内がうなずきかえしてきた。

七

「まったく、あいた口がふさがらんとはこのことだ」

平蔵はコンニャクの煮付けを口にほうりこんで毒づいた。

「なんとか文乃どのとの仲をとりもってくれんかと、あいつが泣きついてきたのは、つい、このあいだのことだぞ」

「そりゃ本気に受ける貴公のほうが甘い」

甚内は笑いながら小芋の煮付けを頬ばった。

「大酒食らって悪酔いしちゃ禁酒するとわめき、食いすぎて腹をくだしちゃ断食するとと神妙なことを言うが、二日ともったためしがない。ま、根っこは子供みたいなところがあるからの」

「それにしても目うつり、気うつりが早すぎる」

「ふふふ、そうは言うが、その文乃どのの一件はすこしでも脈がありそうかね」

「ない。……まずは皆無だ、な」

「だったらよいではないか。貴公も気が楽になったというものだ」

「まぁ、ね……」

あれから伝八郎は雉子町《きじちょう》の組長屋に帰るという奈津をいそいそと送っていったきり、もどってこない。

圭之介によると母親が伝八郎をすっかり気にいって、行くと家にあげて酒を振る舞うらしいから、「おおかた今日もその口でしょう」と圭之介は笑っていた。

奈津は十九歳の適齢期、親は早く嫁に出したがっているのだが、なかなかのおきゃんで気が強く、日頃から兄の圭之介より強いひとじゃないと嫌だと言っているらしい。

「ふうむ。それじゃ伝八郎にも一縷《いちる》の望みありというところか」

「あるとも、おおありだ。なにせ、矢部君の売り物は、あの人柄と剣だからの」

「しかし、圭之介も近頃はぐんと腕をあげているから、伝八郎もうかうかしてはいられんな」

「ふふふ、だから、このところ矢部君の稽古には気合いが入っとるのよ」

「そりゃいい」

人間はちくと頼りないが、伝八郎の剛剣は佐治道場で鍛えた筋がね入りだ。それに伝八郎のような太平楽な男には、少々おきゃんで勝ち気なおなごのほうが家計もしまっていいだろう。

——今度こそ、うまくやれよ、伝八郎。

竹馬の友として、平蔵はそう願わずにいられなかった。

伝八郎の帰りなど待っちゃいられないから、甚内とふたりで道場と目と鼻のところにある馴染みの居酒屋にくりこんだのである。

「そんなことより、佐治先生から頼まれた例の件はどうなってるんだね。斧田《おのだ》とかいう町方同心には声をかけてあるんだろう」

「ああ……それが、さっぱり梨の礫《つぶて》で……」

碑文谷の佐治一竿斎の隠宅からもどった翌日、平蔵は顔見知りの北町奉行所定町廻り同心の斧田晋吾《しんご》を訪ね、戌井又市の探索を頼んでみたのだ。

ただ居所を探してもらいたいという、御用の筋からはずれた頼みだったが、斧田晋吾は気さくに引きうけてくれた。

長身で額に三日月傷のある浪人というのは探索のおおきな手がかりになる。すぐにも探しだせそうな口ぶりだったが、もう十日以上になるのに斧田からはなんの連絡もなかった。

「無理からぬことだ。一口に江戸といっても広いからのう。下町だけでも何十万といる人間のなかから、人ひとり探しだすのは骨だろうて……」

甚内は運び女に酒を二本と油揚げの焼いたのを二枚頼むと、ふいに平蔵のほうに首をのばして声をひそめた。

「で、見つかったらどうする気だ。……佐治先生に知らせるつもりかの」

「いや」

平蔵はきっぱりとかぶりを振った。

「戌井又市は、もしかしたら先生の血筋かも知れぬ。先生に子殺しなどという辛い思いはさせたくない……」

「うむ、よう言うた。佐治先生が貴公に秘太刀を授けられたのも、本心は成敗を貴公に頼みたいからだろうよ」

「ううむ……」

「その戌井又市なる男がどんな人間かはわからんが、産みの母親が見切ったという心情は察するにあまりある。おそらく、この世に生かしてはおけぬ男だろう」

「とはいえ、たとえ掠《かす》り傷にせよ、佐治先生に一太刀くれたほどの腕利き。斬り合《お》うて、果たして勝てるかどうか」

「気弱なことを言うな、貴公らしくもない」

甚内は怖い目になった。

「剣はつまるところ気に尽きる。わしは師から二天一流の開祖宮本武蔵が記したという五輪書《ごりんのしょ》の一文を聞かされたことがある」

甚内は双の腕を組んで瞑目《めいもく》した。

「構《かまへ》五ツにわかつといへども、皆人をきらん為也《ためなり》。構五ツより外《ほか》はなし。いづれのかまへなりとも、かまゆるとおもはず、きる事なりとおもふべし……この一文が、頭にこびりついて、いまだに離れん」

「ふうむ……構え五つにわかつといえども、皆人を斬らんためなり、か」

平蔵は復唱して、唸った。

「まさに、簡にして明なり、だ」

「そうだ。なべて物事のきわみはそうではないかの。貴公が佐治先生から授かった秘太刀もそういうものではなかったか」

「たしかに、型がどうというものではなかった。……あえていえば阿吽《あうん》の間を会得せよというものだった」

「かまえると思わず、斬ることとなり……われらは剣聖の境地にはほど遠いが、なんとなくわかるような気がしやせんか」

「ううむ……」

平蔵、深ぶかとうなずいた。

「いや、いいことを聞かせてもらった」

八

星空が夜道をほのかに照らしていたが、ところどころで町家の灯りがちらほらと見えるだけで通りに人影はなかった。

平蔵は十軒店《じっけんだな》を通って、乗物町の手前を川沿いに左に曲がった。

常盤橋御門《ときわばしごもん》前のお濠から橋本町に向かって流れてくる五間堀の水面《みなも》がしらじらと星空を映している。居酒屋を出て甚内と別れたとき、五つ（午後八時）の鐘を聞いたような気がするがさだかではない。

夜風がほろ酔いの肌を心地よくなぶる。

——今夜は、よい酒だったな……。

無口な甚内が、めずらしくよくしゃべった。

多弁な伝八郎が入ると、甚内はどうしても聞き役にまわることが多い。

伝八郎をまじえたにぎやかな酒席も悪くはないが、たまにはこうして静かに語りあう酒もいいもんだ。

——それにしても……。

東国に生まれた甚内が、肥後熊本で生涯を終えた宮本武蔵に傾倒していたとは知らなかった。

宮本武蔵は戦国の世を剣ひとつで生き抜いた人である。徳川の世になってから天下の指南役を望んだが家康から受けいれられず、肥後熊本藩主の細川家の庇護のもと、藩士に二天一流を指南し、六十二歳で没した。

甚内の剣の師は肥後熊本藩士の家に生まれ、幼いころから二天一流を学んだのち江戸に出て忠也派《ただなりは》一刀流の研鑽《けんさん》を積んだ剣士だったという。

その師から武蔵の五輪書を口伝《くでん》され、諳《そら》んじていた甚内は、その文言を惜しみなく平蔵に語ってくれた。

武蔵の文言はあたかも乾ききった大地が水を吸いとるように平蔵の胸にしみとおった。なかでも目から鱗が落ちる思いがしたのは、

——太刀をはやく振《ふら》んとするによつて、太刀の道ちがいてふりがたし。太刀はふりよき程《ほど》に静《しづか》にふる心也。

この一文だった。

剣を迅《はや》く振り抜こうすれば太刀筋が狂うものだ、と武蔵は戒めている。

振りよきほどに静かに振るというのはすぐには会得できるものではないが、剣の深奥にふれるものだ。

宮本武蔵は太刀を振る道筋ということを重く見ていたらしく、こうも述べている。

——太刀を打さげては、あげよき道へあげ、横にふりては、よこにもどり、よき道へもどし、いかにも大きにひぢをのべて、つよくふる事、是《これ》太刀の道也。

きわめて平易な文言だが、その平易なことばのなかにこそ、剣の神髄があるのだろう。武蔵は六十二年の生涯において六十数回もの真剣勝負をくぐりぬけ、勝利したという剣聖である。その一語一句に万言の重みがあった。

ふと平蔵の脳裏に、一竿斎から霞の秘太刀を授けられたときのことが鮮やかによみがえった。

蠟燭《ろうそく》の炎を両断した佐治一竿斎の剣は、瞬きをする間もないほど迅《はや》かったが、それはあたかも優雅な舞いのように見えた。

——静かに……強く。

この、おおいなる矛盾のなかで、剣聖武蔵も、佐治一竿斎も剣の極意を悟ったにちがいない。

そんなことを考えながら歩いていると、夜風で冷えこんだせいか、尿意をもよおした。

着流しの前をまくりあげて掘り割りに向かって放尿しはじめたとき、前方から提灯《ちょうちん》を手にした中間《ちゅうげん》を従えた駕籠《かご》がやってくるのが見えた。駕籠の主は大身の武家らしく供侍が二人ついている。いくら、出物腫れ物ところかまわずとはいっても、人に見られるのは気がさす。

平蔵がいそいで棹《さお》を振って小便を切ったときである。

薄闇にとざされた路地から黒い人影が躍りだし、闇のなかにキラッキラッと白刃が閃いた。悲鳴と叫喚がはじけ、提灯が宙に舞って路上に落下し、パッと炎をあげて燃えあがった。

――辻斬りか⁉

咄嗟《とっさ》に平蔵は刀の鯉口《こいぐち》を切って、疾走した。

燃えあがる提灯の炎に浮かびあがった襲撃者は深編笠をかぶっている。辻斬りではなく、駕籠の主を狙った刺客のようだ。

投げだされた駕籠扉を素早くあけて路上に出た白髪の武士が刀の柄《つか》に手をかけながら、声を励まして叱咤《しった》した。

「慮外者めが！　だれに頼まれての狼藉《ろうぜき》ぞ⁉」

気丈に刀を抜きはなって立ち向かったが、刺客の剛剣は苦もなく老武士の刀を撥《は》ねかえし、巻きあげた。鋼《はがね》が鋭く嚙みあう音がして白刃がむなしく宙に舞った。

「うぬっ……」

脇差しに手をかける間もなく老武士は踏みこんできた刺客の横殴りの一撃に胴を深ぶかと薙《な》ぎはらわれ、路上に崩れ落ちた。

「うわわっ！」

悲鳴をあげながら逃げようとした中間も、刺客がふるった容赦ない袈裟がけの一刀を浴び、掘り割りに転落していった。

平蔵はソボロ助広を抜きはなち、刺客に向かって殺到した。

「きさまっ！　ただの辻斬りとは思えん。なにゆえの狼藉だっ！」

「おのれっ。邪魔だてするかっ」

深編笠の刺客は無造作に片手殴りの剣を上段から振りおろしてきた。風を巻いて刃唸りの音が耳を掠めた。咄嗟に身を沈めて斬りあげた平蔵の剣先が刺客の深編笠を下からすくいあげるように切り裂いた。

切り裂かれた深編笠の陰から、刺客の額に刻まれた三日月形の刀痕が、燃えあがる提灯の炎に浮かびあがった。

——こやつ⁉

平蔵の脳裏に佐治一竿斎から聞いた戌井又市の人相が閃いた。

「きさま、戌井又市だな！」

平蔵は鋭い声を刺客に浴びせた。

「なにぃ⁉」

刺客はさっと後ろに飛びすさりながら、切り裂かれた深編笠の下から射るような視線を平蔵に向けてきた。

名指しされて一瞬怯んだところを見ると、戌井又市に違いなかった。

「きさま、いったい何者だっ」

「神谷平蔵！　鐘捲流佐治一竿斎が門弟だ。おのれが戌井又市なら容赦はせぬ。師にかわって成敗してくれる」

「しゃっ、成敗だと！　片腹痛いことをぬかすわ」

深編笠の破れ目から、戌井又市の双眸が妖しく烱《ひか》った。

「おもしろい。鐘捲流がどれほどのものか見てくれよう」

すっと剣を左八双にかまえた。まさしく甲源一刀流が得意とする構えである。

甲源一刀流は八双の構えから振りおろした剣先を瞬時に反転させ、胴を斬りあげるのを得意としている。

それに備えて平蔵は静かに剣先を右下段におろした。八双の構えの弱点である脇胴を一撃で仕留めるためである。

掘り割り沿いの道幅は一間半（約二・七メートル）、横に身をかわすにはせますぎた。

踏みこんだときが勝負の分かれ目になる。そのことは戌井又市もわかっているらしく、容易には仕掛けてこなかった。

「うううっ……」

ふいに、平蔵の背後でふりしぼるような呻《うめ》き声がして、対峙の気息が乱れた瞬間、又市が一気に地を蹴って宙に躍りあがり、片手殴りの剣先をいっぱいにのばして振りおろしてきた。

平蔵は左に躰をかわし、又市の剣を下段から撥ねあげた。

刃と刃がからみあい、鋼が焦げる臭いとともに火花が闇に飛び散った。

平蔵は撥ねあげた剣を返しざま、伸びきった又市の胴を横に薙ぎはらった。

鋒《きっさき》が又市の袖を切り裂き、襟を斜めに抉《えぐ》りとった瞬間、鈍い金属音がし、又市の懐から小判がバラバラッとこぼれ落ちた。

「うぬっ！」

後ろざまに飛びすさった又市の双眸が憤怒に燃えた。

「おのれっ！」

そのとき、呼子笛が鋭く鳴りひびき、御用提灯をかざした町方同心が配下の岡っ引きを従えて駆けつけてきた。

それに呼応し、あちこちで笛が鳴りひびき、町木戸の半鐘が鳴りだした。

「ちっ！」

舌打ちした戌井又市は大地を蹴って民家の屋根にふわっと跳ねあがった。

「神谷平蔵といったな。このカタはいずれつけてくれる」

そう言ったかと思うと、軽々と屋根から屋根に飛びうつり、闇に消えていった。

「か、神谷どのとやら、た、頼みいる！」

振りしぼるような声がすがりついてきた。倒れていた老武士が必死に手をさしのべている。

「おお、なんでも申されるがよい」

平蔵が抱きおこすと、老武士はあえぎながら懸命に訴えた。

「こ、これは辻斬りじゃ。つ、辻斬りということにしていただきたい」

「なにを申される！　これは辻斬りなどではない。あやつはまぎれもなくお手前の命を狙った刺客ですぞ」

「い、いや。そ、そこを曲げて……」

白髪の武士はカッと双眸を見開き、平蔵の襟をつかんだ。

「こ、これは貴殿を……貴殿を、武士と見こんでの頼みにござる」

血を吐くような声をしぼりだし、がくんと首を落としたとき、駆けつけてきた同心が御用提灯を平蔵の顔に突きつけた。

「おっ、これは神谷どのではござらんか⁉」

「おお、斧田どのか……」

かねて懇意の北町奉行所の定町廻り同心、斧田晋吾の顔がそこにあった。

# 第三章　人斬り地獄

## 一

「よしてくださいな。あっ、また、そのような……」

お島は洗い髪を振り乱し、白い裸身をのけぞらせ、ひしと男の躰にしがみついた。ほつれ毛が薄汗をにじませた頰にからみついている。

紅い湯文字を蹴りだした太腿を男の腰に巻きつけ、お島は狂ったように臀《しり》をゆすりあげていた。

双の乳房に顔をうずめた男が、お島の太やかな臀の肉をつかみ、激しい律動をくりかえしている。

「もう堪忍してくださいな……あ、ああ……」

お島は腹の底から振りしぼるような呻き声を放つと、全身をぶるぶるっとふるわせた。せまい四畳半に敷かれた夜具は二人の汗と脂で蒸れている。

もう九つ半（午前一時）をとうにすぎている。

お島は一刻（二時間）あまりも男から責めつづけられていた。

もう精も根もつきはて、目は霞がかかったようにぼやけ、心ノ臓は早鐘をうつようだった。

全身の毛穴から噴きだす汗で、お島の躰の水気は一滴残らずしぼりだされてしまったようだった。

男はおどろくほど強靭だった。果てたかと思う間もなく、お島の胎内でむくりとよみがえってくる。その律動は緩慢だが、深く抉るようにめりこんでくる。

――これで何度目だろう……。

ぼんやりと数えてみたが、数えきれなかった。

男がここに居ついてから十日になるが、正体はいまだにわからなかった。

名前も言わないし、公儀隠密だなどというふれこみも疑わしいと思っている。

思ってはいるが、それを追及するのは怖いし、なによりもお島の躰が男に馴染んでしまっている。

肌を許してしまうと女は弱いものだ。殺されるよりましだと思って受けいれたものの、いまは男の愛撫を心待ちにしているようなところが、どこかにある。

そんな自分が情けなかったが、三十九歳のお島にとっては、

――これが最後の男かも知れない……。

そんな気さえしている。

いっそ、お島が店に出ているうちにいなくなってくれればと思ったりもするが、夕闇がせまるころ、お島が店に出るころになると妙に落ち着かなくなる。

お島が店に出るころ、男は奥の四畳半で眠っているが、いつの間にか出ていって暗くなると帰ってくる。

ときにはお島が眠りについてから帰ってきて、お島を抱いて朝まで寝かせないこともある。

妙に優しくなるときもあれば、おそろしく冷ややかなときもある。

男は母の乳を知らず、獣の乳を飲んで育ったのだという。母から可愛がられた記憶はないとも言った。

――どんな家で、どんな育ちかたをしたのだろう。

ときおり男は、双眸《そうぼう》に孤独の色をにじませる。

――あたしもそうだった……。

お島も父親の顔は知らない。水茶屋の酌取り女をして母は女手ひとつでお島を育ててくれた。

お島は幼いころから、寝ているそばで母が男に抱かれている姿を見てきた。女がひとりで生きていくには、そうするしかなかったのだと、今になってみるとわかる。

――あたしだって、おっかさんとすこしも変わりゃしない……。

いつの間にか男は鼾《いびき》をかいて寝入っていた。

いつものように、眠ってしまっても乳房から手を離そうとしない。

寝ているときの男の顔はたとえようもなく孤独で頼りなげに見える。

お島は乳房をつかんでいる男の掌に、自分の掌をそっと重ねあわせた。

## 二

平蔵は表に七輪をもちだして炭を熾《おこ》していた。

この数日、めっきり冷えこんできた。診療室の板張りの部屋は真昼でも底冷えがする。患者のためにも火鉢はかかせない。

冬はなにかと出費がかさむな、とぼやきながらバタバタと団扇《うちわ》を使っていると、見なれない娘がおずおずと声をかけてきた。

「あの、こちらのお医者さまは、いま、お留守なのでしょうか……」

「ん？」

貧しい身なりの娘が途方に暮れたようにたたずんでいる。

「だれか具合でも悪いのかね」

「はい。十日ほど前から祖母がふせったきりで、粥《かゆ》も口にいたしませぬ」

身なりこそ貧しいが武家の娘らしく、もの言いに品がある。

「ほう、それはいかんな。胃ノ腑か、腹でも痛むのか」

「いえ、それが……」

ふっと口ごもった娘を見て、平蔵、七輪をあおいでいた団扇の手をやすめ、のそりと腰をあげた。なにやら事情があるらしい。

「そなたの住まいはどこかの」

「横大工町でございます」

横大工町は木戸を出て一町先の近場である。

「わかった。いま、支度するから待っていなさい」

「あの……」

娘が黒目がちの目でおずおずと平蔵を見あげた。

「もしかしたら、あなたさまが、ここのお医者さまですか」

「ん？　ああ、そうか……」

くたびれた袷《あわせ》の着流しを裾まくりし、七輪の炭火を団扇であおいでいる格好はどう見ても医者には見えない。

「見かけはパッとせんが、診立《みた》てはたしかだから安心しろ」

いそいで七輪の炭火を火鉢の灰に埋めると、薬箱をもって表に出、看板の釘に「休診」の札がわりの瓢簞《ひょうたん》をぶらさげた。

「さ、行こうか」

「は、はい」

薬箱を見て娘はようやくホッとしたらしい。

娘の名は結《ゆう》、年は十七歳。裕太郎という五歳の弟がいるという。

父は北国の某藩に仕える武士だった。八年前、主家が改易になって江戸に出てきたが、三年前に病死し、この夏、母も亡くなり、祖母と三人暮らしになってしまった。

働けるのは結しかいない。大家の世話で近くの居酒屋で運び女をして三人の口を養っているのだという。

「だから治療代は晦日《みそか》払いにしてください」

と結は言った。近所にも医者はいるが、往診を頼みにいっても門前払いで相手にしてもらえない。居酒屋の主人が新石町に変わり者の医者がいて、銭がなくても診てくれるらしいから頼んでみたらどうだとすすめられたのだという。

——冗談じゃない……。

だれがそんな噂をまきちらしやがったんだと腹のなかで罵ったが、十七歳の娘が健気《けなげ》に一家を養っていると聞いただけで治療代はあきらめることにした。

娘が案内した裏長屋の路地に足を踏みいれた平蔵は胸をつかれた。

腐ったような下水の臭いにまじって糞尿の臭いもする。惣後架《そうこうか》の底がもれて、下水とまじりあっているのだ。

トントン葺《ぶ》きの屋根板はヒビ割れし、雨漏りふさぎに茣蓙《ござ》が置いてある。どの間口も戸障子が破れ、風が吹きこむにまかせている。

子供は男も女も尻丸だしで、裸足のままドブ板の路地を走りまわっている。

盥《たらい》の前にしゃがみこんで子供を怒鳴りつけながら洗濯していた女は、股倉も乳房もあけっぴろげだった。江戸の片隅に置き忘れられた人びとの、どん底の暮らしがひしめきあっていた。

娘の住まいは角から三つ目だった。造作は半間の土間と六畳間、台所というにはほど遠いこわれかけた流し台、それだけだった。

祖母は綿のはみだした煎餅布団《せんべいぶとん》に挟まって仰臥し、身じろぎもせず天井を凝《じ》っと見たまま寝ている。

祖母の枕元に男の子が膝小僧をかかえてちょこんとすわっていたが、平蔵が入ってくるのを見て、いそいで正座した。

「裕太郎。外で遊んでおいで」

結が目でうながしたが、裕太郎はきっぱりとかぶりを振って動こうとしなかった。つぶらな目が平蔵の顔色をうかがっている。

「ババさまのことが心配か」

と訊くと、こくんとうなずいた。

「そうか、よい子だな」

平蔵が笑いかけたが、にこりともしない。

「すみませぬ。いま、お茶を切らしておりまして……」

娘が縁のかけた湯飲みに水を汲んできてさしだし、祖母に声をかけた。

「おばあさま。お医者さまをおつれしましたからね」

「よせと言うたであろうが……よけいなことをする」

祖母はにべもない口ぶりだ。

「おババどの。孫娘がそなたのことを案じておる。早く元気になってやらんと孫ふたりが可哀相ではないか。ん？　食がすすまんようだが、どこか痛むのか」

掛け布団をとろうとした平蔵の手を、祖母のかぼそい手がつかんだ。

「見ればおわかりじゃろ。このまま……このまま、ゆかせてくだされ。元気になったところで、この年で働けるわけでもなし、孫たちの足手まといになるだけじゃ」

「情けないことを言いなさんな」

「この年になって倅《せがれ》に先立たれ、嫁も先にいってしもうた。結は……見てのとおり、どこに出しても恥ずかしくない娘じゃが、このババがいては嫁にもゆけぬ」

ふるえる手をあわせて平蔵を拝んだ。

「な、わかってくだされ」

「おばあさま……」

結が唇をわななかせ、両手で顔を覆った。肉の薄い肩が小刻みにふるえている。

「………」

平蔵、しばし言葉を失った。

この年寄りは、病いでもなんでもなかった。みずから食を断って死のうとしているのだ。自分が死ぬことで、孫娘の肩の荷をすこしでも軽くしようとしている。

「お結……」

平蔵は振り向いて結を見つめた。

「ババさまが死ねば暮らしが楽になって助かると思うか」

「いいえ！」

ほとばしるような烈しい声だった。

「おばあさまがいらっしゃるからこそ、わたくしも張り合いが出ます。おばあさまが……おばあさまが」

あとは言葉にならなかった。

「聞かれたか、おババどの。そなたが死ねば孫たちが楽になるなどというのは料簡ちがいもはなはだしいというものだ」

平蔵は声をはげました。

「考えてもみられよ。孫ふたりきりの所帯になったら、大家もこのまま置いてくれるかどうかわからんぞ」

人別帳は大家の責任だから、ちゃんとした大人がいない所帯を長屋に置いておくと、万が一火事を出したりしたら、まず大家が咎《とが》めをうける。

「それに、だ。十七の嫁入り前の娘をいつまでも居酒屋なんぞで働かせておいちゃいかん。江戸には女を食い物にしようと狙っている悪党どもがごろごろしておるからな。こんな器量よしの娘は真っ先に目をつけられる」

婆さんの瞼《まぶた》がびくりと引きつった。

「この娘《こ》ならちゃんとした大店《おおだな》の住み込み女中でも立派につとまるだろうが、それじゃ、残された坊主の面倒はだれが見る。おババどのがいてこその話だろうが」

「…………」

「死ねば楽になるなどという考えは甘いぞ。ん？」

いつの間にか、深い皺《しわ》のなかに埋もれてしまったような婆さんの目尻に涙がにじんでいた。

「この孫ふたりが一人前になるまでは勝手に死ぬわけにはいかんのだ。な、おバどの」

「………」

平蔵は煎餅布団のなかに手をいれて婆さんの躰にふれてみた。

婆さんは抗おうとはしなかった。

躰は痩せ細り、胸には肋骨が浮いていたが、胃ノ腑にも、腹にも悪い痼《しこ》りはなかった。

「お結、ババさまはすぐによくなる。ただ腹の中ががらっぽで、躰から水っ気がなくなってしまっておる。まずは白湯《さゆ》を飲ませることだな」

「はい」

お結はキラキラと目をかがやかせ、飛び立つように土間におりると、七輪を表にもちだして火を熾しにかかった。

「いいかね、おババどの。お結の言うとおりにしていれば四、五日でおきられるようになろう。孫たちのためにも頑張らねばな」

「せんせい……」

婆さんの口が、なにか言いたげにふるえていた。

どうやら死神は落ちたらしい。

平蔵は薬箱をかかえて表に出た。火を熾していた結がいそいで立ちあがると、深ぶかと頭をさげた。平蔵は懐から一分銀をつまみだして結に渡した。

「これで砂糖と葛粉《くず こ》をすこしずつ買ってきて葛湯を飲ませてやりなさい。明日になったら薄い粥に梅干しをつぶして、ほんのすこし粥にまぜて食べさせる。腹に食い物がはいれば元気も出てくるさ」

「でも……この、お金は」

「気にするな。晦日払いがきつければ、あるとき払いでいい」

平蔵、お結の背中をポンとたたいて笑って見せた。

「なぁに、そのうち、どこかの大金持ちの病人が往診を頼んできたら、がっぽりふんだくってやるさ」

「神谷さま……」

「いいか、しばらく店を休んで、ババさまから目をはなすんじゃないぞ」

その意味がわかったらしく、お結は真剣な眼ざしでうなずいた。

## 三

平蔵が弥左衛門店に帰ってみると、巻き羽織の八丁堀同心が水道枡《ます》（共同水道）の洗い場に陣取っている長屋の女房たちと談笑していた。

半年ほど前、井手甚内が妻の佐登をめぐるいざこざに巻きこまれたとき、なにかと世話になった北町奉行所の定町廻り《じょうまちまわ》同心斧田晋吾だった。

その縁で戌井又市の探索を頼んでみたら快く引きうけてくれた。

配下の岡っ引きによるとスッポンの異名がついているほどの探索の鬼だということだが、いたって気さくな人柄である。

「やぁ、斧田さん」

と声をかけると、「や、もどられたか」と軽く手をあげて近づき、小声で耳打ちした。

「ゆうべの一件、案の定、ただの辻斬りじゃなかった」

「やはり、な」

ともあれ立ち話というわけにはいかない。斧田を住まいに案内し、いそいで火鉢の埋もれ火をかきおこすと、鉄瓶をかけた。

「で、あの、ご老体の身元はわかりましたか」

「懐中に遠州浜松藩江戸屋敷の門札をもっていましたんでね、知らせにやったところ、すぐに屋敷から留守居役が引きとりにきましたよ」

「ほう、浜松藩のおひとでしたか」

「なんとか内聞におさめてほしいと頼まれたんだが、こっちもハイどうぞというわけにはいかない。あの老人が刺客に狙われたのはあきらかですからな」

斧田は薄く目を笑わせた。藩邸内の出来事なら藩内で処置すればすむことだが、江戸市中でおきた事件は町奉行所の管轄に入る。

ある程度、納得できる弁明がないと四人もの死体を引き渡すことはできないとつっぱねたところ、留守居役は内聞にしてもらえるならという約束で、斬られた老武士は藩で近習頭取をしている人物だが、藩内の勢力争いの渦中にいたことを告げた。

「ま、内紛はどこの藩でもよくあることでね。それをいちいち咎めだてすれば藩改易にもなりかねない。そうなりゃ江戸に浪人がふえてわれわれも困るというのが実情だ。一札取って、事件は辻斬りということでおさめることにしましたよ」

斧田は火箸を灰にぐさりと突き刺し、口をひんまげた。

「なるほど……」

「あのご老人も、とんだ貧乏くじをひいたもんだ」

「貧乏くじ、とは……」

「きまってまさぁね」

斧田は巻き舌になって口をひんまげた。

「れっきとした武士が市中でむざむざ辻斬りに殺《や》られたとあっちゃ、武士道不心得につきってんで、よくて家禄半減か、下手すりゃ家名断絶ってことにもなりかねんでしょう」

「そりゃあんまりだ」

「なに、さむれぇなんてなぁ、直参《じきさん》だろうが、陪臣《またもの》だろうが、何事もお家の御為《おんため》、藩の御為、そのために死ぬのが武士。神谷さんだって、そう教えられてきたんじゃないんですか」

図星をさされ、平蔵、苦い目になった。

「そう言われてみりゃ、わたしの兄者も、そのお手本みたいなもんですな」

平蔵の兄の忠利は千八百石の高禄を食《は》む大身旗本だが、なにかにつけ、公儀の御為、徳川《とくせん》家の御為を口にする。滅私奉公の塊みたいな男だ。

「だから兄上は目付という重職に出世なすったんだ。出世てぇのは綱渡りみたいなもんですからな。うまく渡りきれりゃいいが、途中で綱からおっこちりゃ奈落の底ってことになりかねん」

斧田はちくりと皮肉をきかしてニヤリとした。

「ま、そこへいくと、われわれ町方同心なんざ気楽なもんでね。いくらあくせくしたところで同心は生涯同心、出世なんてものにゃ金輪際縁がねぇ。そのかわり御船手方の同心とおなじで、だれにでもおいそれと勤まるってもんじゃない。だから、よほど目にあまる失態がないかぎり、安気《あんき》にすごせるのが、せめてもの取り柄というところですよ」

「その安気がなによりですよ。わたしも兄者のように一年中お城勤めに明け暮れるより、いまの貧乏医者の暮らしのほうがずんと気楽で性にあってる」

「ふふふ、つまりは、おたがい変わり者ってことか」

「ふふふ……ちがいない」

「ところで、ゆうべの下手人は確かに神谷さんが探していなすった戌井又市って男でしたか」

「ああ……あの額の刀傷といい、甲源一刀流の太刀筋といい、九分九厘、戌井又市にまちがいありませんよ」

平蔵はきっぱりとうなずいた。

「ただ、ひとつわからんのは、なぜ、戌井又市が縁もゆかりもない浜松藩の侍を手にかけたかということだが……」

「ま、目当ては金でしょうな」

「という、と……だれかに頼まれてということかな」

「ご存じないだろうが、江戸や大坂には金で殺しを請負う仲介人の顔役が何人もいましてね。この仲介人は元請人と呼ばれてるそうですが、元請人は配下に始末屋と称する腕の立つ人殺しをかかえていて、大枚の金で殺しを引きうけちゃ始末屋にまわし、莫大な仲介料を稼ぐらしい。……おおかた戌井又市は剣の腕を見こまれて、その始末屋になったと見ていいでしょう」

「…………」

「ま、やつらにとっちゃ、行きあたりばったりの辻斬りで懐中の銭を狙《ねら》うより、ぐんと実入りがいい。なにせ、殺す相手によっちゃ百両、二百両てぇ大金がころがりこむ。悪党にとっちゃ、こたえられない稼ぎになるって話だ」

「人殺しを他人に頼む人間、か……」

「神谷さん。人間てやつは一筋縄じゃはかれねぇ生き物でね。人を殺したいってぇ人間が腐るほどいるんですよ。……色恋のもつれ、商売敵とのいざこざ、悪党にさんざん食い物にされて泣きをみている人間、なかにゃ女房や娘をおもちゃにされて文句も言えずに泣き寝入りしている亭主や、親なんてのもいる」

斧田は十手でピシャリと、腹立たしげにおのれの首根っこをひっぱたいた。

「だからといって自分じゃどうにもならねぇ。殺したいほど憎いが、自分の手で恨みを晴らしたりすりゃ、殺しの下手人てぇことになって死罪か遠島は免れねぇ」

「………」

「ほかにも私利私欲で相手を消しちまいたいってぇ身勝手なやつもいる。ゆうべの一件なんぞはその口ですがね。そういう手合いから金で殺しを請負うのが元請人で、その元請人から金をもらって殺しを引きうけるのが始末屋てぇやつですよ」

斧田は煙草《タバコ》入れと煙管《きせる》をとりだし、火皿にきざみをつめた。

「八丁堀が手を焼くのも、この手の殺しでしてね。……下手人の探索ってのは、まず、殺されたホトケの身辺から洗う。ホトケに恨みをもってるやつ、ホトケが死んでトクをするやつ……だいたい目星をつけるのはこのあたりだが、始末屋てぇのはホトケとは縁もゆかりもねぇから、探索しようにも、とっかかりがねぇ」

ふうっと溜息をついた斧田は鼻から煙を吐きだした。

「ゆうべ、神谷さんが斬り合ったとき、やつの懐からこぼれだした小判、ありゃおそらく始末料の前金でしょうな。……始末屋は殺しにかかる前に半金、うまくしてのけりゃ残りの半金を受け取る仕組みになってるようです」

平蔵は暗澹《あんたん》とした。どうやら戌井又市は、師の佐治一竿斎が危惧していた人斬り地獄に足を踏みいれたようだ。

火鉢にかけた鉄瓶がチンチンと音を立てはじめた。

「けどね、神谷さん。今度は、やつめドジを踏みやがった。金輪際、面《めん》が割れちゃいけねぇ処刑人の面が割れたんだ」

斧田の双眸がぎらっと炯《ひか》った。

「おまけに、戌井又市は三日月形の刀傷なんてぇ派手な看板を面《つら》にぶらさげてやがる。どこにもぐりこんでやがるか知らねぇが、かならず炙《あぶ》りだしてやりますぜ」

平蔵、黙って火鉢の炭火を見つめた。

たとえ斧田が居所をつきとめたとしても、町方の手であっさり捕縛されるような生易しい男とは思えなかった。

あの片手殴りの剛剣の凄まじさは、いまでも、よくかわせたものだと思う。身をかわすのがわずかでも遅れていたら危ういところだった。それに、あのムササビのような跳躍力は人間離れしたものだった。戌井又市は、これまで平蔵が遭遇したどんな剣客よりも難敵のような気がする。

昨夜、せっかく戌井又市と刃をまじえながら、むざむざ逃がしてしまったことが、いまになって悔やまれてならなかった。

「斧田さん。やつの居所がわかったら、かならず知らせてください。あの男は捕り方の手におえる相手じゃない」

しばらく平蔵を見つめていた斧田は、やがておおきくうなずいた。

「わかりました。やつの始末は神谷さんにまかせましょうよ」

## 四

王子稲荷は、王子権現の北にある。関東に散在する稲荷神社の総本山で、大晦日には関八州の狐があつまってくるため、音無川《おとなしがわ》の水面が青い狐火でめらめらとかがやくといわれている。

境内は杉や檜の古木が林立し、真昼でもほの暗く、祭礼の日でもなければ女子供は薄気味悪いといって、めったに足を運ぶことはない。

この日、戌井又市は七つ（午後四時）ごろに王子稲荷の境内にやってきた。元請から依頼されて浜松藩の家臣を斬った始末代の半金七十五両を受け取るためである。相手がれっきとした武士で供侍もついているというので、始末料も百五十両という破格のものだった。

昨日、元請との連絡役《つなぎやく》をしている入谷《いりや》の彦助《ひこすけ》から結び文を受け取った。彦助は下駄の歯入れをしている爺さんである。

結び文によると、今日、七つ半（午後五時）に王子稲荷の境内で残りの半金を渡すという。

――くさい……。

場所も、時刻も気にいらなかった。

いつもは、どこかの料理屋か、船宿で受け取る。

それが王子稲荷の境内というのはキナくさい。七つ半というのも気にいらない。

晩秋の七つ半といえば境内は薄闇につつまれる。

たしかに人目を避けるには格好の場所と時刻だろうが、なにもこんな寒空にこんな場所、こんな時刻をえらばなくてもよさそうなものだ。

十手に追われる身は警戒心も人一倍鋭くなる。どんなに用心しても、しすぎるということはない。

ことに元請というのは悪党を束ねる顔役である。人の命など虫けらほどにも思っていない人間だ。腹のなかで何を企んでいるか知れたものではなかった。

だから、半刻早く王子稲荷に来てみた。来てみて、いよいよくさいと思った。

又市は稲荷社の前の茶店のかたわらにある地蔵堂の裏で待つことにした。

茶店はとうに店じまいしていた。街道を通る人もいなくなっている。

せまりくる薄闇のなかで、又市は気配を殺して待った。

薄墨のなかからにじみだすように提灯《ちょうちん》の灯りが近づいてきた。

提灯はふたつ、駕籠《かご》わきにぴたりとついている。

近づくにつれ、駕籠わきに用心棒らしい屈強な浪人者が五人もついているのが見えてきた。

――ほう、ごたいそうなことだ……。

戌井又市は皮肉な笑みを頬にきざんだ。

ただの用心棒なら二人もいれば充分なはずだ。

――やはり、なにか企んでやがる……。

元請が始末料の半金七十五両を出し惜しみするとは思えない。

と、すると考えられることはひとつ……。

面が割れてしまった始末屋には用がないということだろう。

――ちっ……おれを甘く見やがったな。

又市は静かに刀の鯉口《こいぐち》を切った。

どうせ、しばらくは江戸から離れなければならないと思っていた。

これまで元請から始末を依頼された三件で斬った人間は、先夜の浜松藩の四人で七人。江戸に出てきてから辻斬りで斬り殺した二人をいれれば、つごう九人になる。

そろそろ江戸を離れる頃合だった。

ま、二、三年もすれば手配もゆるむだろう。

どこに行くかはきめていなかったが、旅をするのに金は多いに越したことはない。残金の七十五両はおおきい。

が、このぶんでは元請が素直に渡すとは思えなかった。

――いいだろう。そっちがその気なら、思い知らせてくれる。

駕籠が稲荷社の前に止まり、駕籠かき人足が駕籠わきに草履をさしだした。垂れをあげて恰幅《かっぷく》のいい商人ふうの男がゆったりおりたつと、駕籠かきから提灯をひとつ受け取った。

元請人の顔役、根津の甚兵衛《じんべえ》である。表向きは根津で口入れ稼業をしているが、裏では殺しの元請人をしている、暗黒街では知らぬ者のいない男だ。

「いいね。手筈どおりに頼みますよ。この提灯が合図だ。かならず仕留めてもらわないと困る」

すぐさま三人の浪人が王子稲荷の鬱蒼《うっそう》たる林の闇のなかに消えていった。

甚兵衛は煙管の煙草を一服吸いつけて、うまそうに吐きだすとポンと足元にはたき落とした。草履で煙草の火を踏みにじり、

「さ、先生方、頼みましたよ」

残っていた二人の浪人をうながして王子稲荷の鳥居をくぐり、提灯を手に境内の闇に足を踏みいれた。

甚兵衛の提灯が闇のなかにちいさくなっていくのを待って、戌井又市は地蔵堂の裏から静かに姿をあらわした。境内には向かわず、三人の浪人が消えていった林のなかに跫音《あしおと》を殺して踏みこんでいった。

熊野から大台ヶ原にいたるまで、何百回となく夜道を駆けた戌井又市は、梟《ふくろう》のように夜目がきく。

先行した三人の浪人を見つけだすのはわけもなかった。

甚兵衛の提灯の合図を待っている三人の背後に忍びよった又市は刀の鞘をはらいざま、一人を抜き打ちに左の袈裟がけに斬り捨てた。

浪人は左の肩から胸まで存分に斬り割られ、血しぶきを噴きあげて杉の巨木に激突して倒れた。

「おいっ⁉　どうした！」

なにがおこったのかわからぬまま、ふりむきかけた二人目の浪人を、又市は斬りおろした刃をそのまま摺りあげて、左胴を脇の下から右肩に向けて撥《は》ね斬った。

左半身を斜《はす》に斬り飛ばされた二人目の浪人の躰がくるりと一回転し、残った三人目の浪人にもたれかかっていった。

「き、きさまっ」

ようやく異変に気づいた三人目の浪人がもたれかかってきた仲間の躰を突き飛ばし、刀の柄《つか》に手をかけた瞬間、又市の片手突きが胸板をずぶりと貫いた。

又市はどんと浪人の躰を蹴飛ばし、背中まで突きぬけた剣先を引き抜くと、刀の血糊を懐紙で拭いとり、鞘に納めた。

「他愛のないやつらだ」

ぼそりとつぶやいた又市は素早く林を駆け抜けて街道に出ると、なにごともなかったように鳥居をくぐり、ゆうゆうと甚兵衛たちのあとを追った。

甚兵衛は二人の用心棒とともに石灯籠《いしどうろう》のそばにたたずんで、不審そうに境内を見回していた。

「なんじゃ。とうに来ておると思うたが……」

「あの男、もしやすると、お頭領《かしら》から先夜の失態を咎められるのを恐れて高飛びしたのやも知れませぬな」

「ふふ、ふ。後金の七十五両より命が惜しくなったか」

二人の用心棒浪人が嘲笑いかけたときである。

ひたひたと跫音がして提灯の火影《ほかげ》に戌井又市の影が黒々と浮かびあがった。

「ほう。根津の甚兵衛がわざわざ冥途《めいど》の見送りかね」

「な、なにぃ⁉」

甚兵衛があわてて提灯を振るのを見て、戌井又市はニタリとした。

「林の中の送り狼は三匹とも一足先に三途の川を渡ったよ」

「う、ううっ！」

「たった七十五両を出し惜しんで命をなくすとは、根津の甚兵衛もよくよくのばか者よな」

「お、おのれ！」

二人の用心棒が斬りかかるのを待って、又市が二人のあいだを駆け抜けた。

提灯の灯りにギラッギラッと白刃がきらめいた。

二人の用心棒が刀を手に虚空をつかんでドサッと左右に崩れ落ちた。

「ま、待てっ……」

甚兵衛がしどろもどろに後ずさりしながら叫んだ。

「早まるな！　わ、わしは、おまえを殺すつもりなどない」

懐から胴巻きをつかみだし懇願した。

「ほ、ほら……こ、ここに、このとおり約束の半金はもってきた。さ、受け取ってくれ」

「いいとも、どうせ三途の川を渡るんだ。大金はいらんだろう」

血刀をぶらさげ無造作に歩みよる又市を見て、甚兵衛は悪鬼の形相になった。

「お、おのれっ！」

胴巻きを投げつけざま、懐から匕首《あいくち》をつかみだすと、鋒《きつさき》をまっすぐ突きだし、突進した。

又市の白刃が一閃し、甚兵衛の頭がごろりところがった。

首からドス黒い血しぶきを噴出しつつ、甚兵衛の胴体がつんのめるように境内の砂利に突っ伏した。

抜き身を片手にしゃがみこんだ又市は投げつけられた胴巻きを拾いあげ、甚兵衛の頭を蹴飛ばした。

「地獄に堕ちろ！」

又市は懐に胴巻きをねじこみ、刀の血糊を甚兵衛の羽織でぐいと拭いとった。

投げだされた提灯に蠟燭の火が燃えうつり、境内の闇を染めた。

五

喉がカラカラに渇いて、目がさめた。

昨夜、飲みすぎたせいだろう。

戌井又市は比丘尼《びくに》宿の煎餅布団から這いだし、枕元に置いてあった白鳥徳利《はくちょうどくり》を引きよせた。

飲み残した酒を喉に流しこむと、かたわらで口をあけたまま寝こけている坊主頭を白けた目で見やった。

比丘尼は頭を坊主に剃《そ》ってはいるが、女である。

墨染めの衣をまとい、女体を売るという変わった娼婦だ。

ツルツル坊主の尼僧を抱くという猟奇な趣向をおもしろがる客のおかげで、ここに通ってくる男もすくなからずいる。

江戸は大名屋敷がひしめいているから単身赴任の国侍が多く、人口の六割以上は男という女ひでりの大都市である。

しかも、ただでさえ数すくない娘が伝手《つて》をもとめ、行儀見習いと称しては江戸城の大奥や、大名屋敷、旗本屋敷に奉公にあがるから、男の女体願望を埋めあわせる娼婦がはびこる。

女の仕事というものがすくないから、女が銭を稼ぐには男と寝るのがいちばん手っ取り早い。醜女《しこめ》だろうが、土臭い女だろうが、よほど干涸《ひから》びた梅干し婆ぁでもないかぎり、女でさえあれば銭を出す男がいる。

女に食いっぱぐれなし、といわれるのはこのためである。

この女の源氏名は春笑尼《しゅんしょうに》というらしい。

「なにが、春笑尼だ……」

春が笑うどころか、盛りをとうにすぎた四十女である。

本所深川あたりの岡場所では年を取りすぎて客のつかなくなった娼婦でも、頭を剃れば目先が変わって男が買う。

莫蓙《ござ》を抱いて吉原堤で客を漁る夜鷹や、川岸に舫《もや》われた舟の胴の間で夜風にさらされて男に抱かれる舟饅頭なんぞよりは屋根の下で躰を売るほうがまし、という女が比丘尼になる。

この比丘尼宿は無住寺に手をいれたものらしく、本堂も屛風でしきって使いまわしてある。又市はほかの客と顔をあわせたくないから、金を多めにはずんで納所坊主《なっしょぼうず》（下級僧侶）の寝部屋に泊まった。

ご禁制のもぐり売春宿だけに、土地の岡っ引きに袖の下をつかませて目こぼしをしてもらうのだと女から聞いた。

奉行所の目をはばかる戌井又市にとっては格好の隠れ家だった。

元請の依頼をうけて浜松藩の近習頭取を川っぺりで始末したとき、とんだ横槍がはいり、人相がバレてしまった。それからは、用心して穴場を探してはもぐりこんでいるのだ。

江戸にはこういう穴場がけっこうある。女が抱きたいわけではなかったが、下手に岡場所や旅籠《はたご》に泊まると、人相書きがまわっている恐れがあった。

お島の茶店も、いずれは岡っ引きに嗅ぎつけられるだろう。お島が口を割るとは思えないが、運び女のおとくはお島と又市のことに勘づいている節がある。

――まさか始末の現場で名指しするやつがあらわれるとは思いもしなかった。

あの神谷平蔵という男とは一度も会ったことがなかった。深編笠を切り裂かれた途端に「戌井又市だな」と名指しされたときは、正直、愕然とした。

顔を見知っているはずはない。だとすれば、この刀傷が目印になったとしか考えられない。

——あいつは佐治一竿斎の弟子だと名乗った……。

この刀傷のことを神谷平蔵に告げたのは佐治一竿斎にちがいない。

「あの糞爺ぃめ」

戌井又市は獣のような唸り声をあげた。

「ううーん」

勘ちがいしたのか、女が寝ぼけて又市の足に腿《もも》をからみつけてきた。

雌牛のようにぽってりした乳房が、又市の胸でひしゃげた。腰をすりよせ陰毛を腰骨に押しつけてきた。

ザラリとした陰毛の肌ざわりに刺激され、めらめらと淫情をもよおした。

煎餅布団をひっぺがし、よく肥えた比丘尼の裸身をしげしげと眺めた。

脂がのった豊満な腰にあざやかな緋色の湯文字がまつわりついている。なんとも劣情をそそる刺激的な眺めだった。

ゆうべはしゃにむに女の肉をむさぼるだけだったから、女の裸身はろくに見ていなかった。

青々と剃りあげた比丘尼頭に紅をさした唇、緋色の湯文字がめくれあがり、白い腹部の裾野に陰毛が猛々しいほど濃密に生い茂っている。

まだ外は闇につつまれているが、有明行灯の淡い明かりが比丘尼の白い裸身の起伏に淫らな陰りをつけていた。

たっぷりと肉をつけた女の躰には骨ばったところはまるでなかった。

臍のくぼみから腹にかけてのふくらみを掌でゆっくりと撫ぜおろし、濃密な茂みの奥に指をこじいれた。

「うふん……」

比丘尼が薄目をあけて鼻を鳴らし、怒張した股間の帆柱に手をのばしてきた。

「ふふ」

二本の指で棹《さお》をつかみ、ゆっくりとしごきはじめた。

棹がむっくり節くれだち、血脈がふくれあがってきた。

「ねぇ……したいんでしょ」

比丘尼が鼻を鳴らし、太腿をからみつかせてきた。

「いいわよ、しても……」

あられもなく股をひろげて双腕《もろうで》をのばし、又市の首に巻きつけてきた。

鏡餅のような臀だが、内股の皮膚はなめらかでまぶしいほど白い。その黒ぐろとした陰りの奥はたっぷりと露をふくんで、おいでおいでをしている。

腰を割りこみ、帆柱を深ぶかと埋めこんでいった。

女は根っからの好き者らしく、半分眠りながらも腰を使いだした。おおきな乳房がゆっさゆっさとゆれる。

ふと又市は母の卯女のおおきな乳房を思いだした。卯女の乳房はもっと張りがあったが、乳はほとんど出なかった。

記憶にはないが、又市は赤子のとき、卯女の乳房をしゃぶっているうちに乳が出ないのに癇癪《かんしゃく》をおこして、乳首に噛みついたという。それに懲《こ》りて、卯女は又市に乳房をあたえなくなった。

そのせいか、又市はいまだに女の躰のなかで乳房に強い執着と、憎悪をもちつづけている。

——おれの癇が人一倍強いのは……。

そのせいかも知れぬな、と又市は思うことがある。

六

子供のころ、おまえの父親は佐治又七郎という侍だという噂を里人から聞かされた。

　母が婿をとる前、杣小屋《そまごや》に住みついていた佐治又七郎という侍と乳くりあって孕《はら》んだのがおまえだと聞いた。いまは江戸で佐治一竿斎と名乗る一流の剣客になっているそうな、とも聞かされた。

　母にそのことをたしかめてみると、卯女は認めなかったが、否定もしなかった。

　又市は噂が真実だと思うことにした。だいたいが父親は又市を嫌っていたし、又市も父親とはウマがあわなかった。

　――おれは強い剣客の子だ……。

　そう思いきめた。乱暴者と忌み嫌われるようになってからは、いっそう確信するようになった。

　おれも強い剣術遣いになってやる。佐治又七郎の子だというところを父親にも母親にも見せてやる。

　そう決心して十三のとき、家を飛びだした。十三でも並の大人ぐらいの体格をしていたから、金がなくなると棍棒で旅人を殴りつけ、金を奪った。

　そんなとき街道の山道で島田左近《しまださこん》という剣客に拾われた。

　見るからに弱そうな侍だったし、生憎《あいにく》めぼしい旅人がいなかったから、後ろから殴りつけようとした。殴りつけたはずの又市が逆に気絶してしまった。

弟子にしてくれと頼んだら、笑って相手にしてくれなかったが、どこまでもついていった。島田左近は甲源一刀流の剣客で、岐阜の城下に道場をもっていた。

薪割りや雑巾がけの合間をぬって日に千回の素振りをやらされた。千回が二千回になり、三千回の素振りでも息が切れなくなって、はじめて稽古をつけてくれた。

免許をもらったのは二十一歳のときだった。道場で又市に勝てる者はひとりもいなかった。

島田左近が病いに倒れ、不帰の客となったのは又市が二十四歳のときだった。亡くなる前、病床に又市を呼んだ島田左近は一通の書状を渡し、紀州の熊野に玄林坊《げんりんぼう》という修験者がいる。強いだけでは一人前の剣客にはなれぬ。あとは玄林坊を師とするがよいと告げた。

いまや島田左近は又市にとって父親のような存在だった。強ければいいじゃないかと思ったが、言われるままに熊野に向かった。

玄林坊は五尺（約百五十センチ）そこそこの、小柄な白髪の老人だったが、炯々《けいけい》とした眼光に底知れぬ圧力があった。

六十路《むそじ》はとうにすぎているはずだが、筋骨は壮者をしのぐものがあり、おろくという女を房に住まわせ、身のまわりの世話をさせていた。

「おまえは女が好きか」

又市が訪れたその日、のっけから、そう玄林坊に訊かれ、又市はぶっきらぼうに答えた。

「女はわからん」

「ほう、おかしなことを言う。おなごを抱いたことはないのか」

「いいえ、道場の下女に夜這いされて抱いたことはあります。出戻りの百姓女で、石臼のような臀をした女でした」

「ははぁ、惚れて抱いたわけではないな。それでは女を抱いたとは言えぬわ」

玄林坊は乾いた声で笑った。

「女は可愛いものよ。なれどこれほど怖いものはない。天下人も女に迷うて地獄に堕ちる。迷いは気から発する。人はなにごとも気じゃ。これを忘れるな」

玄林坊は熊野の山道を飛ぶように駆け、渓谷を岩から岩に軽々と跳んだ。前に跳ぶだけではない、後ろにも、上にも跳んだ。それでいて、息ひとつ切らすことはなかった。

又市は山道を駆けることでは玄林坊にひけをとらなかったが、その跳躍力には肝をつぶした。負けず嫌いの又市は懸命に玄林坊に追いつこうと、日夜跳ぶことに集中した。だが、どうしても勝てない。

「気じゃ」

と玄林坊はこともなげに言う。

何度も跳びそこねては渓流に落ちた。ずぶ濡れのまま意地になって跳んだ。岩に足をすべらせ、頭を打ち、気絶したこともある。そのうちすこしずつ跳べるようになったが、玄林坊の足元にもおよばない。

三年目の夏、玄林坊はぷいといなくなった。

おろくに訊くと、旅に出たのだ、とこともなげに言った。

なにやら肩すかしを食ったような気がして腹が立った。

その晩、おろくが湯あがりの裸身のままで又市の寝間にやってきた。

おろくは四十をすぎていたが、子を産んだことがないせいか、乳房や臀にもゆるみがなく、輝くような白い裸身をしていた。

おろくは又市のかたわらに添い寝すると、そそり立っている又市の棹《さお》を口にふくんで巧みに舌を使いつつ、睾丸を掌で愛撫する。おろくは謎めいた笑みをうかべながら、一言も発しなかった。

若い又市に耐えられるはずもなく、むしゃぶりつくように躰をつないだ。

おろくは双腕を又市の首にまわし、ふとやかな腿で又市の腰を挟みつけると柔らかな秘肉で怒張した棹をやわやわと締めつけたが、それきり身じろぎしない。たまりかねた又市が腰を使おうとしたが、おろくは腿で又市の腰をしっかりと挟んだまま動けぬようにしてしまった。

秘肉だけが別の生き物のようにうごめきつづける。

どれほどの刻《とき》がすぎたのかわからなかったが、又市は脳髄が灼《や》きつくされるような快楽に襲われ、したたかに精をほとばしらせた。

果ててもなお、おろくは又市をとらえて離さなかった。

秘肉が棹にからみつき、うごめきつづけ、萎《な》えた棹がふたたび怒張してきた。

その夜、又市は数えきれぬほど精をほとばしらせた。何度目か、おろくは獣のような声を放つと、全身をぶるぶるっとふるわせ弓なりにのけぞった。

そして、無言のまま寝間をあとにしていった。

翌日の夜も、そのつぎの夜も、おろくはおなじように又市の寝間を訪れ、おなじように交媾《まぐわ》った。

ひと月ほどがすぎて玄林坊がもどってきた。

「ほう。だいぶやつれたようじゃの」

「は……」

「ふふふ、おなごは外面似菩薩内面如夜叉《げめんじぼさつないめんにょやしゃ》という。おなごを侮ってはならぬぞ。おなごの修行は剣の修行よりむつかしいものじゃ」

「………」

「おろくはの、天然自然《てんねんじねん》、おのれが欲するままに生きておるおなごじゃ。おまえはおろくを抱いたつもりじゃろうが、おろくに抱かれただけのことよ。ただ精をもらすだけでは、おなごを抱いたことにはならぬ。……おのれの精をおさえ、おなごを自在に羽化登仙の境に誘う。これができぬのは、おまえの未熟ゆえじゃ」

玄林坊の双眸が爛々《らんらん》とかがやいた。

「よいか、おまえは強くなることばかり考えているが、もっと弱くなることじゃ。弱くなるには、おのれを知るしかない。おのれを知るには我意をおさえることじゃ」

玄林坊の言は又市には理解の外にあった。より強くなろうとして熊野にきた又市である。弱くなれと言われたところで納得できるわけはない。

「左近どのの文には、おまえは大人子供のようなところがある、一人前の男にしてもらいたいとあった。一人前の男になれるかどうかは、どれだけ我意をおさえられるかにある」

又市は勃然たる怒りをおぼえた。師と仰いだ島田左近が、又市のことを一人前の男と見ていなかった。我慢ならなかった。

「ふふふ、腹が立ったか。すぐ顔に出るところが、まだ一人前の男になっておらぬ証しじゃ」

玄林坊はかすかな溜息をもらした。

「剣士としての修行はもはや無用。あとはひとかどの男になることじゃ」

「ひとかどの、男……」

「そうじゃ、おまえは剣よりほかになにも学んでおらぬ。それでは、いくら強くなっても、ひとかどの剣客にはなれぬ。一流一派をきわめる剣客になりたければ、おのれの弱さを知らねばならぬ。なれるか、なれぬかは一《いっ》におのれの器量にかかっておる。ここで修行したことを生かすも殺すも、おまえの器量如何《いかん》にかかっておる。よいな、山をおりて、もっと世間を見よ。おまえには世間がなによりの師じゃ」

そう言うと、玄林坊は掌をひらひらと振った。

翌日、又市は熊野をおりた。島田左近には裏切られ、玄林坊からは見捨てられたと思った。

――弱くなれとはなんじゃ！　器量とはなんじゃ！　わけのわからぬ禅坊主みたいなことをぬかしやがって……。

おさまらぬ鬱憤をかかえたまま山をおりた又市は、魚や獣を捕らえて飢えをしのいだ。山をおりると、里人は恐れて声をかけるまでもなく逃げてしまう。

又市は旅人を襲っては金を奪い、女をとらえては犯した。

城から捕り方がやってきて捕縛しようとしたが、すべて斬り殺し、逃亡した。

諸国を流浪し道場があれば試合を挑んだが、又市に勝てる者はいなかった。

なかには道場主が金包みをさしだし、旅費にしてくれと逃げることもあった。

金には困らなかったが、おもしろくなかった。

――そうだ、江戸に出よう……。

おれの父は佐治又七郎だ。父は剣名をあげ、道場までかまえているという。

母に添え状をもらって佐治一竿斎を訪ねよう。おれの腕なら道場の跡を継ぐ資格がある。そう思って飛騨の八幡社にもどった。

父と母のあいだは冷えきっていた。

父は又市の顔を見るなり、嫌悪の情を隠そうともせず、「なにしに帰ってきた」と吐き捨てた。

さすがに母は「よう帰った」と迎えてくれたが、実父の佐治一竿斎に添え状を書いてくれと言ったら、

「ばかなことを言うでない。おまえの父はここにいるではないか。おまえが父上になつかぬゆえ、邪険にされるのじゃ。つまらぬ噂など忘れてしまうことじゃ」

と一蹴された。

――父親などいらぬ……。

そう思った。

父の顔を見ると吐き気がした。ついぞ父だなどと思ったことはなかった。

母も母だと腹が立った。おまえの父親《てておや》は佐治又七郎という侍だと里人は噂していた。だから又七郎にちなんで又市と母が名付けたのだとも聞いた。

いまになって否定するくらいなら、なぜ、そんなまぎらわしい名をつけた。

――又市という名さえ、捨てられるものなら捨てたかった。

妾の尻に敷かれているような父と、なぜ、夫婦をつづけているのか、そう思う

と母までがおぞましくなった。

——あのとき、おれは戌井又市であることを捨てたのだ。

腹の下で比丘尼が何度目かの淫ら声をあげ、狂ったように臀をふりたてた。

「あ……ああ、あっ。あんた、いくよ、いく、いくっ」

比丘尼は口から涎《よだれ》を垂れながし、腰をしゃくりあげている。

又市の脳裏を、おろくの顔がかすめた。おろくの顔に母の顔が重なり、佐治一竿斎に抱かれている母の淫らな姿態が重なる。

「うぬっ」

又市はにくにくしげに比丘尼を見おろすと、のけぞっている比丘尼の白い咽《のど》に両手をかけ、締めあげた。

「う、うぐっ⁉」

比丘尼が白目をむいて手足をばたつかせ、やがてガクンと頭を落とし、全身を痙攣《けいれん》させた。

その瞬間、又市はしたたかに精を放った。

七

「なんて、むげぇことをしやがるんでぇ！」

斧田同心は片膝をついて比丘尼娼婦の死体をあらため、口をひんまげた。

女は両手をだらりと投げだし、目をカッと見ひらいたまま死んでいる。首に紫色の締め痕《あと》がくっきりと浮きだしていた。

「ゆんべ、この女についた客は鼠色の頭巾を目《ま》ぶかにかぶった侍だと言ったな」

「へ、へい。さようで……」

比丘尼宿をしきっているという狐面の男が卑屈な目をすくいあげ、斧田の顔色をうかがった。まだ二十七、八のこすっからい目つきをした若僧だった。女が殺されたことより、商売にさしさわりが出ないか、そのことだけが気がかりな顔だ。

「見たところ上背のある立派なお武家さまでしてね、へい。お召し物も絹の上物でしたし、花代に一両もはずんでくれましたんでね。こりゃ、てっきりご大身のお旗本の隠れ遊びにちげぇねぇと踏んだんですが」

「ずっと頭巾はかぶったままだったのか」

「へい、下働きのばあさんが酒を運んでいったときも、かぶったままだったそうで」

「おかしいじゃねぇか。入るときに頭巾をかぶってたってぇのはわかるが、女と部屋にへぇってからも頭巾をかぶりっぱなしてぇのは妙じゃねぇか。くせぇたぁ思わなかったのか」

「い、いえ、隠れ遊びのお客さまにはままあることで、へい。てまえどもは客商売ですからね。まさか頭巾をとってくれとは言えませんし、それに、もしかしたら顔に人にゃ見られたくないアバタでもあるんじゃねぇかと……」

「嘘をつきやがれ！　ハナっからくせぇ客だと承知のうえであげたんだろうが」

「と、とんでもございません」

斧田の後ろでしゃがみこんでいた岡っ引きの本所《ほんじょ》の常吉《つねきち》が、ドスをきいた声をはりあげた。

「おい！　妙な隠しだてをすりゃ、どうなるかわかってるんだろうな」

「へ、へい。そりゃもう……」

狐面の若僧はしきりにもみ手をしながら懸命に弁明した。

「ま、この妓《こ》はお武家の顔を見たかも知れませんが、ほかにゃだれも見たもんはいなかったんで、へい」

「じゃ、この女が客ともめごとでもおこしたってぇのか」

「め、めっそうもございません。この妓は気立てもよく、床あしらいもうまいってんで、うちじゃ売れっ妓だったんですがねぇ」

「……売れっ妓ねぇ」

　斧田はホロ苦い目になった。

「くりくり坊主の尼さんが床あしらいがいいたぁ、世の中も変わったもんだな。ええ、おい。……厚化粧でごまかしちゃいるが、とうに四十はこしてるだろう。おめぇのおふくろと変わりゃしねぇ年頃じゃねぇか。それが鶏みてぇに首締められておだぶつになったんだ。ちゃんと回向《えこう》して線香の一本も手向《たむ》けてやるんだな」

「へ、へい、そりゃもう……」

「粗末にあつかいやがったら、ただじゃおかねぇ。いいな！」

　年季の入った八丁堀同心に一喝されて、さすがに図太い若僧も青くなってふるえあがった。

斧田は腰巻の裾の乱れを十手の先で直してやると、片手拝みで回向を手向け、常吉を振り向いた。

「やつは木戸があく明け六つ（午前六時）ごろにずらかりやがったにちげぇねぇ。このあたりで、やつの姿を見たやつがひとりやふたりはいるだろう。朝が早いのは年寄りの隠居か、出職の職人、河岸《かし》に仕入れにいく棒手振《ぼてふ》りの魚屋やシジミ売り、そんな見当だろうよ。虱《しらみ》つぶしにあたってみろい」

「へ、合点で……」

常吉が腰をあげたとき、廊下から下っ引きの留松《とめまつ》が飛びこんできた。

「親分！　ゆうべ、王子稲荷で根津の甚兵衛が斬り殺されたそうですぜ」

「なんだと……」

「それも甚兵衛ひとりじゃねぇ。甚兵衛が飼ってる腕ききの用心棒が五人ともバッサリ、おまけに甚兵衛は首をぶったぎられていたってんでさ」

「へっ、あいつはお稲荷さんに小便ひっかけたって夜参りなんぞする殊勝なタマじゃねぇ。こいつは裏になんかあるぜ。ついてきな！」

「へいっ」

## 八

――いったい、どこにいっちまったのかしら……。

お島はぼんやりと駒形堂のほうを眺めながら日数を数えていた。

あの男が姿を消してから、今日で五日になる。

あのまま、ずっと居つかれたらどうしようと、やきもきしていたが、いなくなったらなったで、なにやらものたりない。

このごろは店をしめて湯屋に行ってもどってくるとき、ひょっとしたら男がもどってきているかも知れないと思うと躰の芯がズキンと疼いて、つい小走りになる。

床についてからも、戸障子が風でかすかにきしむと、

――もしや……。

と、胸が高鳴っておきてしまう。

いつまでもかかずらってはろくなことにならない男だと、頭のなかではわかっていても、躰は別物だった。

「ちょいと、おかみさん……」

おとくがお島の顔をのぞきこんだ。

「まだ、あんな男に未練があるんですか」

「おとくさん……」

「いいですか、おかみさん、あんな薄っきびのわるい男に食いつかれたら、泣きをみることになるにきまってるんだから、むこうから消えちまってくれたんなら御《おん》の字だと思わなくっちゃ」

「わかってるわよ、おとくさん……」

お島と男のことを知っているのは、おとくだけだった。

「別になんとも思っちゃいないわよ。ただ、あんまり店が暇なもんだから気になっただけ……」

お島はごまかして甘酒の釜をかけてある竈《かまど》の前にしゃがみこむと、火加減をのぞきこんだ。

「あらあら、すこし火を落とさないと煮詰まっちゃうわね」

そのとき、店の前に菅笠をかぶった托鉢僧《たくはっそう》がやってきて、喜捨を乞う念仏を唱えはじめた。

お島は小銭を托鉢僧の鉄鉢にいれてやると、

「お寒いでしょ。甘酒でも一杯召しあがっていらっしゃいな」

ほほえみかけた。

「あなたが、この店のあるじのお島さんですかな」

「え……ええ」

托鉢僧は頭陀袋《ずだぶくろ》から薄汚い布の包みをとりだすと、お島にさしだした。

「これを、あんたに渡してくれと頼まれましてな」

「え……」

なにやら、ずしりと持ち重りがする。

「あの、頼まれたって、いったい、だれから……」

「いや、だれと言われても困る。拙僧はおあずかりしただけでの」

托鉢僧は深ぶかと一礼すると、すたすたと立ち去っていった。

「ちょ、ちょいと……」

呼びとめようとしたが托鉢僧は振り向こうともしない。

「なんなんだろ」

お島は首をかしげて包みをほどいて愕然となった。薄汚い包みのなかに入っていたのは胴巻きだった。それも、手ざわりから中身はすくなからぬ小判だとわかった。

「……お坊さん！」

お島は目を吊りあげると胴巻きを手にし、つんのめるように駆けだした。

「ちょいと！　おかみさん」

おとくが呆気にとられたように見送ったが、お島は夢中で走った。

――あのひとだ。あのひとが……。

下駄の鼻緒がプツンと切れて、お島は危うくころびそうになった。

胴巻きが路上に落ちて、小判がザラッとこぼれだした。

「おっとっと！　危ねぇな」

ころびかけたお島の腕をひょいとつかんで抱きとめてくれた男の目が、小判を見るなり底光りした。


留松に案内されて駒形河岸の番所の土間に足を踏みいれようとして、神谷平蔵はぎくりと棒立ちになった。

茣蓙《ござ》をかけられ寝かされている死体が、いきなり目に飛びこんできたからだ。

ただの死体ではない。青く剃りあげた頭、苦悶にゆがんだ顔。首の紫色に変色した痕《あと》がなんともむごたらしい。

番所の上がり框《かまち》に腰をかけて番茶をすすっていた斧田晋吾が険しい目を平蔵に向け、あごの先で死体をしゃくった。

「見ねぇな、神谷さん。こいつぁ、あの野郎の仕業だぜ」

「戌井又市が、この僧侶を……」

「ふふ、こいつぁ女だよ」

斧田は腰をあげてしゃがむと、莫蓙を十手でまくりあげてみせた。

「これは」

平蔵は凝然と死体を見つめた。

緋色の腰巻につつまれた臀のふくらみ、豊満な双つの乳房、よく見ると頬や唇にも紅をさしている。

「おどろきなすったかい。これが坊主頭と墨染めの衣を売り物にしている比丘尼って売女《ばいた》さ。売女にゃちげぇねぇが、なにも人さまに迷惑をかけたわけじゃねぇ。食っていくためにゃ、こうするしかなかった哀れな女よ」

「なんだって、また戌井又市が……こんな女を」

「そこが、おれにもわからねぇのさ。比丘尼宿にゃ一両もの大金を払ってやがるし、この女にも一分銀を二枚も心付けにはずんでやがるから、金に困ってたわけじゃあるめぇ。おおかた何かで、むかっ腹を立てて締めたか、でなきゃ女を苛《さいな》む癖があるのかも知れねぇな」

「………」

「それだけじゃねぇぜ、神谷さん。やつは昨日の夕刻、王子稲荷で六人も人を斬り殺してやがったんだ」

「なんだと⁉　それじゃ戌井又市は一晩で七人も殺したというのか」

「まぁね、王子の殺しはやられたほうも悪党だから、くたばったほうが世のため人のためと言えねぇこともねぇが、こっちはそうはいかねぇ。いくら隠れ売女とはいえ、鶏みてぇに締め殺すなんてなぁ、人間のするこっちゃねぇ！」

斧田晋吾が声を荒らげてののしったとき、番所の奥の土間でひっそりと立ちすくんでいた女が、たまりかねたように顔を両手でおおい、しゃがみこむなり肩をふるわせ、土間に泣き伏した。

「あ、あたし……知らなかったんです。そ、そんなひとだなんて……」

「いいんだよ。あんただって下手すりゃ、この比丘尼とおんなじ目にあったかも知れねぇんだ。知っててかくまってたわけじゃねぇことはわかったよ」

　女の泣き声はいっそう激しくなった。

「留よ。奉行所につれていきな。ともかくも調べ書きをとらなくちゃな」

「へ、へい」

　留松が泣きじゃくる女を抱きかかえるようにして番所の外につれだしていくのを見送って、斧田はやりきれないように舌打ちした。

「あの女は駒形堂の前で茶店をやってるお島ってぇ女だが、半月ほど前、店に通ってきてた戌井又市に目をつけられて手ごめにされ、公儀隠密だとだまされて又市をかくまってやがったのさ」

「又市は、その茶店にひそんでいたのか」

「らしいね。まったくうめえ嘘をつくもんだぜ。公儀御用と言われりゃ、町方の女は黙って言いなりになるしかねぇやな」

　斧田同心によると、二刻ほど前、お島のところに托鉢僧が三十両の小判が入った胴巻きを届けてきたという。

「あの野郎、お島には母親のことを寝物語にしゃべってやがったというから、もしかしたら、お島にはちょっぴり惚れてやがったのかも知れねぇな」

胴巻きは王子稲荷で殺された根津の甚兵衛という殺しの元請人のものだったことがわかった。

根津の甚兵衛は大名家に中間《ちゅうげん》を送りこむ口入れ稼業が本業だが、裏では殺しの元請人をもかねている悪党として奉行所でも目をつけていた男だという。

斧田は甚兵衛の番頭と、始末屋との連絡役《つなぎやく》をしていた入谷の彦助という男の二人をお縄にし、番所で責め問いにかけたところ、二人の証言から浜松藩士の始末を依頼されたのは戌井又市で、昨日の七つ半に王子稲荷の境内で、後金の七十五両を渡す手筈になっていたことがわかったらしい。

「戌井又市は入谷の彦助のところに来るときも深編笠か、鼠色の頭巾をかぶっていたそうだ。刀傷を隠すためだろうな」

斧田の双眸にはおさえきれない憎悪がみなぎった。

「いまの、お島も、比丘尼宿のちんぴらも、甚兵衛に雇われてた連中も、戌井又市の背格好から着物の色柄、差し料の柄拵《つかごしら》え、鞘の色まで、言い分はおんなじだった。王子の殺しも、比丘尼殺しも戌井又市の仕業にまちがいねぇ」

平蔵は黙って足元の莫蓙に置かれている比丘尼の死体を見つめた。

首に残ったなまなましい絞殺の手形が、又市の凶暴性が尋常なものでないことをしめしている。

「神谷さん。悪いが、あんたとの約束は反故《ほご》にさしてもらうぜ」

斧田同心が挑むような視線を向けてきた。

「戌井又市は八丁堀がなんとしても探しだしてふんづかまえる。三尺高い磔柱《はりつけばしら》に吊しあげなきゃ、腹の虫がおさまらねぇ！」

たたきつけるような激しい語気だった。

「おれは侍同士の斬り合いや、悪党同士の殺しあいなんざどうでもいいが、世の中の片隅でほそぼそと、その日その日を食いつないでいる女を虫けらみてぇにひねりつぶすようなやつは許しちゃおけねぇのさ」

平蔵は、比丘尼の白い躰におおいかぶさって、冷酷に首を締めつけている戌井又市の悪鬼のような黒い影を見た。

――あのとき、おれが斬っていれば、この女は死なずにすんだのだ。

平蔵は沈痛な思いをかかえて番所をあとにした。

# 第四章　浮世捨之介《うきよすてのすけ》

## 一

吸いこまれそうな青空の下に紺碧の大海原がひろがっていた。

岸壁に砕ける波頭が目にしみるように白く輝いている。

ここ、磐根《いわね》ノ国の不知火湊《しらぬいみなと》はおおきく湾曲した岬の懐にあり、水深が深く、千石船でも岸壁近くに停泊できる天然の良港である。

漁船だけでなく、北の奥州や羽州にまで向かう大型の荷船も寄港する。

海路は嵐で難破したり、海賊などに襲われたりする危険もあったが、牛馬で陸路を運ぶより格段に早いし、一度に大量の荷物を輸送することができるため、船が物資輸送の主役になっている。なかでも知られているのは、大坂と江戸を結ぶ菱垣廻船《ひがきかいせん》と樽廻船だが、そのほかにも多くの大型船が沿岸をさかんに航行していた。

運賃は運ぶ品物によってきめられ、季節や航路によっても変わった。時化《しけ》や台風の多い春や秋、海賊がひんぱんに出没する航路や、急場の産品を運ぶ急行便などは割増し料金が上積みされる。

船主の利益は莫大なものだったが、船は坐礁することもあれば沈没することもあり、そのときは船主が損害を背負うことになるから、よほど財力のある者でなくては船主になれなかった。

海路にはさまざまな危険がともなうだけに、大きい船、ことに千石船の船頭の権力は絶大なものだった。船の舵《かじ》取りの技量に優れ、航路を熟知しているだけでなく、ときには荷を捨てる決断力ももとめられるし、水夫《かこ》を指揮して海賊と闘うだけの度胸もなければ千石船の船頭はつとまらなかったのである。

千石船は、船頭はもとより、水夫たちにも、高い手当てが支払われた。

荷船の水夫たちは荒くれ者ぞろいで、たとえ海賊に襲われても武器を手にして闘う勇猛な戦闘集団でもある。板子一枚下は地獄といわれる海の男たちは気性も激しく、金遣いも荒い。湊にはきまって船頭や水夫の懐が目当ての岡場所があり、千石船が一隻入港するたびに落とされる金で湊はうるおった。

――この日。

不知火湊には一隻の千石船が碇《いかり》をおろしていた。

船腹には入り山形に「〽」の字が刻まれていた。磐根随一の豪商「遠州屋《えんしゅうや》」の持ち船であることをしめす刻印である。

遠州屋は千石船を二隻も所有し、莫大な利益をあげていた。

遠州屋は米問屋から富を築きあげた商人だが、三代目の当主である藤右衛門《とうえもん》は商才にたけた男で、豊富な資金を米相場や材木相場に投入して富をふやすかたわら、裏で大名貸しとよばれる金貸しもしているという噂だった。

不知火湊の桟橋前には荷の積みおろしのためにもうけられた広場があり、大坂の蔵屋敷に運ぶ米俵や、輸出用の磐根の産品が山積みされていた。

今年は近年にない豊作だったので、藩の余剰米を大坂の蔵屋敷に運んで備蓄し、米相場があがったときに売りさばこうという算段なのだ。

湊には千石船に荷を運ぶ上荷船とよばれる小型船がひしめき、岸壁と千石船のあいだをひっきりなしに往復していた。

遠州屋の印半纏《しるしばんてん》をひっかけた人足たちが俵を肩に岸壁から上荷船に架け渡され

た踏み板を渡っては、つぎつぎに甲板に運びこんでいる。

威勢のいい人足の声がひっきりなしに飛びかい、広場は火事場のような喧騒につつまれていた。

その広場の一角に積みあげられた米俵の山に尻をおろし、結び飯を頬ばっている一人の浪人者がいた。

身の丈は五尺八寸近くはあるだろう。肩幅は広く、胸板も厚い。腕も足も鍛えぬかれた鋼《はがね》のような筋肉で鎧《よろ》われ、すこし目尻がさがり気味になった鳶色《とびいろ》の眼が、氷のように冷ややかな光を放っている。

その眼ざしの奥に、なにか深い鬱屈をひっそりとかかえているような感じがする男だ。額に斜めに走っている三日月形の刀傷が、この浪人の人相を険しいものにしている。

戌井又市であった。

王子稲荷で根津の甚兵衛と用心棒五人を斬り捨て、比丘尼娼婦を絞め殺したあと、又市は裏道をたどりながら東国に向かった。東に向かったのは故郷の飛騨にはできるだけ近づきたくなかったからだ。

道中手形をもたない又市のような男は、金を使って関所を通らずにすむ裏道を行くことになる。裏道は険しい山道がほとんどで、旅人を狙う雲助や山賊まがいの無頼浪人、それに狼や山犬が出没する危険がともなうが、そんなことはたいした障害ではなかった。

宿場の旅籠《はたご》はたいてい飯盛り女を置いているから女には不自由しなかった。

江戸で手配書が配布されていても、一歩、御府外に出てしまえばそこは他国だから、顔をさらしていてもどうということはない。

ただ田舎の村落は余所者《よそもの》は目立つから、できるだけ避けた。

金さえあれば抜け道はいくらでもあることを又市はよく知っていた。

身なりには気をつかった。みすぼらしい風体をしていると見咎められる。

着衣が旅塵にまみれてくると古手屋を見つけては着替えた。黒の紋付き羽織に熨斗目《のしめ》のついた袴をつけていれば、浪人でも人は怪しまないからだ。

諸国に浪人はあふれている。二本差していれば人は武士だと思って一目置く。

磐根の不知火湊についたのは昨日の夕刻だった。

東国屈指の良港だと聞いていた。

又市の足元に、一匹の赤犬がおずおずとすりよってきた。

結び飯のおこぼれにあずかりたいのだろう。しきりに尾をふっている。

よほど飢えているらしく、肋骨が浮きだしていた。

犬公方《いぬくぼう》といわれた前将軍綱吉が亡くなってからは、野良犬に餌をやるものもすくなくなり、腹を空かせた痩せ犬がいたるところに目立つようになっている。

赤犬はさっきから又市を見あげては、空腹を訴えかけるようにクーンクーンと哀れな声をあげていた。

又市は指の飯粒をしゃぶりながら冷ややかな目を赤犬にくれた。

赤犬は地面にぴたりと這いつくばり、哀願するような目で又市を見あげた。

又市はしばらく残りの結び飯と、赤犬を見くらべていたが、やがてホロ苦い笑みをうかべ、手の結び飯を無造作に投げあたえた。

一瞬、赤犬はぴくりと耳を立て、舌なめずりしながら前足をむくりとおこしたが、すぐには飛びついてこなかった。

人にさんざんいじめられて用心深くなっているのだろう。

生唾をたらし、目をしょぼつかせて、又市の顔色をうかがっている。

「ちっ」

その卑屈さが癇《かん》にさわり、又市は声を荒らげた。

「目ざわりだ。はやく食らえ！」

声音は低かったが、赤犬は威嚇《いかく》されたと思ったらしく、パッと後ろに飛びすさり、悲しげな鳴き声を発して一目散に逃げだしていった。

そのとき、数人の人足が手鉤《てかぎ》を手に近づいてきた。

「おい、サンピン。どこの馬の骨かしらねぇが、その米俵からケツをあげな」

「運上米の俵に薄ぎたねぇケツをのっけるんじゃねぇ」

喧嘩が日常茶飯事の荒くれどもは、のっけから威嚇しにかかった。

当節の二本差しなど屁《へ》でもないと、頭からなめきっている顔つきだ。

おまけに相手はしょぼくれた浪人である。暇つぶしに寄ってたかってぶちのめしてやろうという魂胆がみえみえだった。

「おい！　それとも申しわけございませんでしたと、頭を地べたにこすりつけて詫びをいれるってぇのなら勘弁してやらねぇでもないぜ」

ひとりの人足が居丈高《いたけだか》に吠えた。

「妙なことを言うな」

又市は薄笑いをうかべながら首をかしげた。

「こんな糞俵にケツをおろして、どこが悪い」

「な、なにぃ。く、糞俵だと⁉」

たちまち人足たちは殺気だったが、又市はどこ吹く風で指の飯粒をしゃぶった。

「きさまら、糞という字を知らんのか。米の異なるものと書いて糞と読む。米は口からはいって糞に化け、ケツの穴から出てくる。その糞俵に尻をおろしたところで息まくことはあるまい」

「こ、この野郎！」

「ふざけやがって！」

「かまうこたぁねぇ。やっちまえ！」

いっせいに手鉤をふりかざし、猛然と襲いかかった。

又市の手刀が稲妻のようにひらめいた途端、アッという間に人足たちは一人残らず苦悶の声をあげて地面をのたうちまわった。

手鉤を俵にぶちこんで悶絶しているやつもいれば、海老《えび》のように腹をかかえ、跳ねまわっているやつもいる。

なかには口から血反吐《ちへど》を吐いて身動きひとつしなくなったやつもいたが、又市のほうは何事もなかったかのような涼しい顔で米俵に尻をおろしたままだった。

「なんだ、なんだ⁉」

「どうしたってんだ！」

たちまち近くにいた仲間の人足たちが群がってきた。

「ばかにつける薬はないとはよく言ったものだな」

舌打ちした戌井又市は米俵からのそりと腰をあげ、人足の群れを見渡した。

「きさまらのような雑魚《ざこ》を相手にしてもはじまらん。おれは千石船の船頭に用がある。だれか呼んできてくれんか」

「な、なにぃ」

「こ、こいつ、いってぇ……」

さすがの荒くれ人足どもも、妙に不気味なものを感じたらしく顔を見合わせた。

そのとき、四十年配の侍が人足の群れをかきわけてすすみでた。

月代《さかやき》は剃りあげず、惣髪《そうがみ》にしている。藩の役人でもなさそうだが、紋付羽織に仙台平《せんだいひら》の袴《はかま》という、ひとかどの身なりをしている。

その後ろから供らしい浪人者が二人ついてきた。

「おまえたち、また、つまらん喧嘩でもはじめたのか！」

惣髪の侍はじろりと人足たちを睨みつけ、一喝した。

「せ、せんせい……」

一喝されただけで、荒くれ人足たちが尻込みしたところを見ると、湊では強面《こわもて》の侍らしい。

「で、ですがね、先生。……ことのおこりは、このサンピンの野郎が米俵は糞俵もおなじだなんてぬかしやがったんで。なぁ、おい」

「そ、そうよ。おれも聞いてやしたぜ」

「ふふ、米俵は糞俵もおなじ、か……うまいことを言うな」

「感心してちゃいけませんよ、先生！」

「よいよい。……ま、この場はわしにまかせておけ」

人足たちをなだめた惣髪の侍は、鋭い目で又市を一瞥《いちべつ》した。

「貴公。どういう魂胆か知らんが、ここは遠州屋の荷役場だ。下手に騒ぎをおこしたら生きて帰れんことになるぞ」

「ははぁ。きさま、遠州屋の飼い犬か」

「なんだと！」

穏やかだった侍の眉間にサッと怒気が走った。

「きさま。口にして許されることと、許されんことがあるぞ」

「ふふ、武士の面目が立たんというわけか」

又市は口をゆがめて吐き捨てるように言った。

「よせよせ、いまどき侍などというものは、どこぞの藩の飼い犬になるか、商人の飼い犬になるしか生きようがない役立たずな代物だ。遠州屋の飼い犬と言われたぐらいで目くじらを立てることもあるまい」

「ほざくな！　これでも、わしは遠州屋の千石船の水夫や人足どもに剣を教える師範として雇われておる。剣をもって生計を立てているかぎり、武士としてなんら恥じることはない」

「なるほど飼い殺しの用心棒ではないというわけか」

「もとよりだ。この村井佐源太《むらいさげんた》、ゆえあって扶持を離れたが、武士の矜持《きょうじ》まで失ってはおらん」

「ふふ、矜持といえば聞こえはいいが、つまりは痩せ我慢にすぎん」

「きさま、ここで悶着をおこして小遣い稼ぎをするつもりらしいが、つまらん考えは捨てることだな」

村井佐源太は刀の柄《つか》に手をかけた。

「いいか、おとなしく退散するなら、いまのうちだぞ」

「ほう、やっと用心棒らしい地金が出たな」

「なにぃ！」

「べつに悶着をおこすつもりはないがね。脅されて引きさがるのは性にあわん」

「わからんやつだな。ならば、やむをえん」

腹にすえかねたか、村井佐源太はいきなり抜き打ちに斬りつけてきた。

刃唸りがするような剛剣だったが、その迅速の一撃を苦もなくかわした又市の目が、冷ややかに炯《ひか》った。

「なるほど、東軍流か……」

嘲笑をうかべながら、すっと躰を斜にかまえて刀を抜くと、片手のままで、鋒《きっさき》をまっすぐに村井佐源太に突きつけた。左手はだらりとおろしたままだ。なんとも人を食った不敵な構えである。

——これは⁉

何度となく修羅場をくぐってきた村井佐源太だったが、はじめて遭遇した構えだった。道場稽古ならともかく真剣勝負で初手から片手でかまえる剣士など、出遭ったことがない。

刀は左手で柄を把握し、右手で上下左右に自在に操りながら斬りこみ、また相手の斬りこみを防ぐものである。

流派によって多少のちがいはあっても、初手から片手一本で構えをとるなどということは無謀にひとしい。

斬りこむにも刀身が不安定になるし、逆に斬りこんできた相手の刃を片手で撥《は》ねかえすには並はずれた膂力《りょりょく》がなければならないからだ。

青眼にかまえながら村井佐源太は、又市の技量をはかりかねた。

一気に剣先を撥ねあげ、踏みこもうかとも考えたが、そこに何かの落とし穴が待ちかまえているような気がした。

又市が並の剣客でないことは、村井佐源太の強烈な初太刀を余裕をもってかわしたことでわかる。

村井佐源太は右斜め上段に剣先をあげると、じりじりと左にまわりこんだ。

これまで佐源太の右上段からの袈裟がけの一撃をかわした剣士は一人もいなかった。その必殺業を仕掛ける隙をうかがっているうち、佐源太は又市の鋒と双眸《そうぼう》が一直線上にあることに気づいた。

鋒に目を凝らせば、又市の双眸が鋒のむこうに隠れる。双眸に視線をうつせば、鋒が霞む。しかも、いつの間にか又市の鋒はかすかに、ゆっくりと上下左右にふわふわとゆれ動いていた。

その鋒の動きが早くなるにつれ、振動が眩暈《げんうん》となり、佐源太の目には又市の姿が眩暈につつまれ、薄らいでゆくように見えた。

「うっ……」

ここにいたって村井佐源太は、この相手が容易ならざる妖剣の遣い手であることを知った。

が、知ったときは、すでに遅かった。

ふいに眩暈のなかから陽光を吸った鋒がキラッと閃き、一筋の光となって佐源太に襲いかかってきた。

「うぬっ！」

鋒をかわしざま、捨て身の胴薙《どうな》ぎを繰りだした佐源太の白刃は空しく流れて、又市の背後に積まれていた米俵を両断していた。

ザーッと籾米《もみごめ》があふれだし、かわしたはずの又市の鋒が、反転して佐源太の喉笛に嚙みついてきた。避ける間もなく切り裂かれた佐源太の喉笛が、柘榴《ざくろ》のようにはじけ、噴血が俵を染めた。

村井佐源太は俵からあふれだしてくる籾米の山に顔を埋めたまま、かすかに躰を痙攣《けいれん》させると身じろぎひとつしなくなった。

「あっ⁉」

「お、おのれっ」

思いもよらぬ結末に佐源太についてきていた二人の浪人があわてた瞬間、佐源太の血を吸った又市の鋒が襲いかかり、一人の首を撥ね斬った。

残った一人が恐怖に駆られ遁《に》げだそうとしたが、又市は五尺余を一気に跳んで追いすがると背後から一刀のもとに斬り倒した。

驚愕のどよめきが人足の群れに津波のようにひろがった。

「ち、ちくしょう！」

「や、やりやがったな！」

いまや数十人にふくれあがった人足の群れが殺気だったときである。

「おやめなさい！」

いかにも商家の大旦那らしい身なりをした五十年配の恰幅《かっぷく》のいい男が人夫の群れをかきわけてあらわれた。

「いまの斬りあいを見ただろう。このお武家さまは、おまえたちが束になってかかっても到底かなうもんじゃありませんよ」

口ぶりは穏やかだったが、その声音には荒くれ男どもを沈黙させるに足る充分な威厳があった。

「ですが、旦那！　このまんまじゃ、おれっちの腹の虫がおさまらねぇんで」

　一人の人足が訴えかけたが、

「だまりなさい！　どうしても、わたしの言うことがきけないなら、遠州屋の荷役をやめてもらうしかないね」

　ぴしゃりときめつけておいてから又市に目を向けた。

「わたくしは遠州屋藤右衛門と申します。てまえどもの荷役の者がご無礼をはたらいたようで申しわけございませぬ」

「ほう、あんたが遠州屋の主人か。さすが不知火湊の主《ぬし》と言われるだけのことはある。たいした貫禄だな」

「これは恐れいります」

　藤右衛門は苦笑すると、村井佐源太の死骸をあごでしゃくった。

「この村井先生は東軍流の免許皆伝とやらで、これまで、めったに斬りあいで引けをとるようなことはなかったんですが、やはり上には上があるものですな」

　そう言うと冷たい眼ざしを人足たちに向けた。

「なにをしているんだね。さっさと後始末をしないか。……ここは遠州屋の庭先のようなものですよ。いつまで血で汚しておくつもりかね。ちゃんと水で洗い流し、塩をまいて、お浄めをしなさい」

藤右衛門は頭ごなしにきめつけると、又市に目を振り向けた。

「ところで、あなたさまのお名前をおうかがいできますかな」

「おれの名、か……」

口元に皮肉な笑みをうかべると、

「そうさな……」

又市はあごを撫ぜながら人を食ったようにうそぶいた。

「ま、浮世《うきよ》捨之介《すてのすけ》……と、でもしておくか」

「ははぁ……」

しばらくのあいだ遠州屋は奇妙な生き物でも見るような目で又市を眺めた。

「なるほど、なるほど……つまり、この世の未練をお捨てになったおひとということでございますか」

「どう取ろうが、そっちの勝手だ」

「これはいい」

遠州屋藤右衛門はポンと手をたたいた。

「いや、気にいりました。……ひさしぶりに頼もしいおひとにめぐりあったような気がいたします」

　藤右衛門は満足そうにうなずいた。

「ところで、さきほどうちの船頭に用があると、おっしゃっていたようですが、どういうご用件か、お聞かせくださいませんか」

「なに、たいしたことではない。どこか遠くに行ってみれば、おもしろいことがあるやも知れぬと思ったまでのことだ」

「ほう。どこか遠くにね……」

　遠州屋の目が糸のように細くなった。

「よろしゅうございますとも、万事、この遠州屋におまかせください。……浮世捨之介さま」

二

――なに、そやつ、おのれで浮世捨之介と名乗ったというのか……。

――はい。まったくもって人を食った男でございます。むろん偽名にきまっておりますが、それにしてもおもしろいことを申す男で……そこが気にいりました。

──ふうむ……。

──なにしろ、てまえが長年、面倒を見てまいりました東軍流の村井佐源太をあっけなく一太刀でバッサリ。……いやぁ、あの凄まじい業前《わざまえ》にはほれぼれいたしましたよ。

──そうか、あの村井を斬ったとあれば相当な遣い手だな。

──はい。それはもう……。失礼ながら磐根藩のご家中には太刀打ちできる方は一人もおられますまい。

──浮世捨之介、か……。

──どんないわくがあってのことかはわかりませぬが、この世の未練も、しがらみもスッパリと断ち切った男と見ました。あれこそ正真正銘の人斬り狼になれる男でございますよ。

──ふうむ。……使いようではおもしろいかも知れぬ。

──そのことでございますよ……。

──しかし、そのような素性も知れぬ男を飼うのはどうかな。

──いえ、大事の前なればこそ、あのような男が必要なのでございます。いずれは始末することになりましょうが、ならば、いっそのこと、なまじ素性などわからぬ男のほうが使い勝手がよいではありませぬか。

――ふふ、一理はあるの。

――ま、いざともなれば、あの者を刺客に使うという手もございましょう。

――これ、声が高い……。

――ご案じになることはございませぬ。ここには、だれも近づけさせぬよう申しつけてございます。

――いや、俗に壁に耳ありと申すぞ。そこでは、ちと話が遠すぎる。もそっと近《ちこ》う寄れ。

――では、失礼して……。

――そちが、それほど見こんだ腕達者なら、ぜひにも一度、その人斬り狼の業前を、とくとたしかめたいものだな。

――ごもっともでございます。わたくしとしても、この企みに荷担するからには、それ相当の覚悟もいれば、金も使わねばなりませぬ。念には念をいれておきたいのは山々でございます。

――これ、企みや荷担などと、めったなことを口にするでない。古来、千里の堤も蟻《あり》の一穴からという戒めもある。

――ま、そう神経を尖らせられますな。それより、かの人斬り狼の業前のほどを試すにはもってこいの手がございますよ。

――うむ。どういうことか、申してみよ。

――されば、ちとお耳を……。

――うむ……ほほう、なるほど。

――いかがでございます。

――ふふ、さすが遠州屋だけのことはある。ようも、そこまで悪知恵がまわるわ。

――めっそうもございませぬ。わたしなどはささやかながら、ほんのお手伝いをさせていただくだけで。

――よう言うわ。黄金なら、もう、ありあまるほどであろうが。

――なんの、これまでかけた元手をこれから回収させていただかねば算盤《そろばん》があいませぬ。

――商人の欲にはかぎりがないと言うが、まことじゃの。

――ひとは欲をみたすために生きているのではございませぬか。欲をなくしたときはお迎えが近くなったときでございますよ。ひとつひとつ欲の梯子《はしご》を昇りつめていくときの歓びにまさるものはございませぬ。

――欲の梯子、か。遠州屋らしいことを申すわ。

――こう申してはなんでございますが、わたくしは若君さまが藩主の座におつきになれば柳営《りゅうえい》におあがりになられるよう、遠州屋の財力を惜しみなくそそぎこむ覚悟でございますよ。

――なに、房松を老中にと申すか……。

――はい。磐根藩はご公儀譜代のお家柄、望んで望めぬ話ではございませぬ。万事は黄金がものを言う世の中でございますからな。

――ふふふ、遠州屋、大風呂敷をひろげたものよの。

――風呂敷はおおきいほど、入れる楽しみもおおきいものでございます。

――よしよし、その肝の太いところが気にいった。

――そのためには、まず、お方さまの手綱をしっかりと……。

――わかっておる。あれのことなら案じるにはおよばぬ。

――はい。なにせ、大事がなるか、ならぬかは隼人正さまの手綱さばきひとつにかかっておりますゆえ。

――ふふふ。それにしても、この鶏の皮を醬油で煎《い》りつけた肴《さかな》は、なかなかうまいの。

――はい。それは煎りつける前に湯通しをし、脂をぬいて鶏のくさみをとってあるそうでございます。お気に召しましたか。

――うむ、寒くなるにつれ、食い物がうまくなる。

――いま、鯛の塩焼きがまいります。今朝、不知火の浜にあがったばかりの生きのいい鯛でございますよ。……酒もすっかり冷めてしまったようでございます。急いで熱いのをつけさせましょう。……これよ、だれか来ておくれ。

# 第五章　闇討ち

## 一

磐根藩の禄高は五万三千石、大藩とはいえないが三河以来の譜代である。

藩祖光宗《みつむね》が二十一歳のとき、徳川家は未曾有《みぞう》の危難に遭遇した。甲斐の武田信玄が大軍をひきいて上洛の途についたのである。信玄は怒濤《どとう》の勢いで南下し、織田信長の盟友・徳川家康を葬るべく、家康の居城である浜松城に向かって軍をすすめた。

このとき家康は決死の覚悟で三方ヶ原に出陣したが、天下無双を誇る甲斐の騎馬隊には敵すべくもなく、無惨に敗走してしまった。

家康の麾下《きか》にあった光宗は手勢をひきいて、家康が命からがら浜松城に駆けこむまで敢然と甲斐軍に立ち向かった。

信長の没後、ほぼ天下を掌握した家康は大坂城に豊臣秀頼を攻めたが、その冬の陣、夏の陣においても光宗の勇猛はめざましいものがあり、その勲功を認められ磐根一国の領主となったのである。

光宗が領内を流れる不知火川《しらぬいがわ》を望む一角に五重五層の天守閣をもつ城郭を築いたのは元和元（一六一五）年、幕府が一国一城令を発布した年である。

大手門前の濠端の南側には藩主の血筋にあたる一門衆や、現執政たちの屋敷が白壁の門戸を連ねていた。

桑山佐十郎の拝領屋敷は、濠端筋の北側にある上士町にある。

敷地はおよそ五百坪、屋敷の南側にそびえる樹齢九十年をこえる樅《もみ》の木は、桑山家の先祖が手植えした老木で、代々の当主が家の安泰を願って大切にしてきた神木でもあった。

ほんの一ヶ月ほど前まで、当主の桑山佐十郎は、藩主の信頼も厚い側用人《そばようにん》として執政たちから一目《いちもく》も二目も置かれる存在だった。

屋敷には毎夜のように来客があり、客間はもちろん廊下から台所にいたるまで灯りがともされ、すみずみまで活気がみちあふれていた。

それが佐十郎が藩主の勘気にふれ、謹慎を命じられて以来、屋敷はひっそりと静まりかえり、家人が買い物に外出するにも肩身のせまい思いをするようになってしまった。

まさに桑山家は存亡の危機に直面していたのである。

その夜、桑山家にめずらしく来客があった。

来客といっても表門からではなく、通りが寝静まるのを待って裏の脇戸から人目をはばかっての訪問だった。

来客は大番組頭の兵藤丹十郎《ひょうどうたんじゅうろう》であった。

兵藤丹十郎は禄高千八十石、大番組をひきいる頭領として藩執政の末座に連なる重臣のひとりである。

それが供の者ひとりをつれただけで、人目をはばかるように頭巾《ずきん》をかぶっての夜更けの訪問だった。

家人から来客が兵藤だと聞かされた佐十郎はおどろいてみずから出迎えた。

謹慎処分をうけている佐十郎を訪問したことがわかれば、どんな揚げ足をとられるか知れたものではない。それを承知のうえでの訪問ということは、よほどの重大事にちがいなかった。

「や、や、夜分に騒がしてすまぬ」

せっかちな性分の兵藤丹十郎は、さっさと草履をぬいで式台にあがると、頭巾を引きむしるようにつかみ取った。

「どうも頭巾というのはうっとうしいものだ。なにも悪事をはたらきにゆくのではないゆえ無用だと申したのだが、奥が気病み性での、どうしてもかぶってゆけと言う。はっはっは、おなごというものは何かにつけて口うるさいものじゃて」

表にまで聞こえるような磊落《らいらく》な声で笑った。

あたふたと出迎えた用人の村井杢助《もくすけ》に酒肴《しゅこう》の支度を命じると、佐十郎は奥の客間に兵藤を案内した。

兵藤丹十郎は奥女中が手燭の火を丸行灯《まるあんどん》にうつすのも待ちかねたようにどっかとあぐらをかくと、ぐいと膝をおしすすめた。

「いよいよ鍋が煮詰まってきたぞ。焦げついてからでは遅い。早々に手を打たねば取りかえしのつかぬことになる」

「と、申されると……」

佐十郎はやんわりと兵藤の角顔を見返した。

兵藤丹十郎は色浅黒く、骨太のがっしりした短軀《たんく》で、引くということを知らず猛進する質である。それに反し、桑山佐十郎は色白の長身で、人あたりも柔らかく、なにごとにも熟慮を重ねてから断行する。

二人の正反対な気性から磐根の二十郎と仇名されていたが、どういうわけかウマがあい、年の差をこえて肝胆相照らす仲だった。

「まさかに殿が伊之介ぎみの廃嫡《はいちゃく》に踏みきられたというわけでは……」

「いや、それはない。そんなことになれば万事休すだ」

「ならば、そう慌てることもござるまいよ」

桑山佐十郎はなだめるように笑みをうかべた。

「よろしいか、すでに伊之介ぎみは元服のうえ、磐根藩の嫡子として公方《くぼう》さまに御目見得もすませておられる。いかに渕上どのや志摩の方さまが房松ぎみを跡目にと懇望なされても、よもや殿が伊之介ぎみを廃嫡されるようなことはなさると思えぬ。そもそも房松ぎみは、まだ襁褓《むつき》にくるまれた赤子《やや》ではござらんか」

「わからんぞ、佐十郎。……いかに殿が英邁《えいまい》であられても、あの道ばかりはべつじゃ。古来、おなごに惑わされて国をあやまった君主は枚挙にいとまがない」

兵藤丹十郎は口角泡を飛ばさんばかりの勢いでまくしたてた。

「あの女狐《めぎつね》めは唐の楊貴妃、殷《いん》の妲己《だっき》もかくやと思えるほどの艶女じゃ。あの色香で夜ごと寝所でせまられたら、殿もたまるまいて」

よほど志摩の方が気に食わぬらしく、さも憎げな口ぶりで言いつのった。

兵藤丹十郎は今年四十歳になる。佐十郎より八歳も年長だが、いささか短慮のきらいがある。

「兵藤どの。女狐などと、めったなことを口にされるな」

「なんの、女狐を女狐と言うてどこが悪い。およそ、この世で、おなごの色香ほど怖いものはないぞ。かの豊大閤でさえも淀君に鼻毛を抜かれて、天下を失《うしの》うたではないか。ん？」

丹十郎の舌峰はとどまるところを知らない。

「いまに殿が、あの女狐めに化かされて房松ぎみに家督を継がせたいと言いだされぬともかぎらん。……なにせ、女狐のうしろには渕上隼人正ばかりか、遠州屋という金蔵がついておるのだ。渕上は筋目派などと称し、遠州屋の小判を家中にバラまいて片端から取りこみにかかっておる。このままでは磐根藩は遠からず渕上と遠州屋の二人に食いつぶされることになる」

「されば、とて、いま、渕上どのや志摩の方を退ける、よい方策もござるまい」

「そこじゃて、佐十郎」

兵藤丹十郎がさらに膝をおしすすめた。

「仙台侯という切り札があるではないか」

「仙台侯とは、また……」

佐十郎、意表をつかれて絶句した。

仙台侯は伊達《だて》六十二万石の藩主で、磐根藩主左京大夫宗明の正室妙《たえ》の方《かた》の父君にあたる。

「まさか……」

「その、まさかじゃよ。わが藩の恥をさらすのは心苦しいが、仙台侯は殿にとっては舅御《てゝご》におわす。磐根藩危急存亡のときと訴えれば、かならずや耳をかたむけてくだされよう。これは効くぞ、佐十郎。渕上ずれなど吹っ飛んでしまうわ」

兵藤丹十郎がカッカッカッと喉仏をそらせて大笑したとき、奥女中が酒肴の膳を運んできた。

二

李助が機転をきかせたのか、夜分にもかかわらず膳には鱈《たら》の味噌漬、鮭の氷頭《ひず》の甘酢和《あ》え、鮎《あゆ》のウルカなど、酒の肴にはもってこいの品が取りそろえてあった。

「や、や、これは……」

酒好きの兵藤丹十郎、たちまち相好をくずした。

「ま、おひとつ」

「う、うむ」

「とはいえ、殿のご意向なくして仙台侯を動かすとなれば、いわば上訴にあたる。ただではすみませんぞ」

「もとより、万が一の覚悟はできておるわ。いざともなれば腹かっさばけばすむことじゃ」

兵藤丹十郎はこともなげに言った。

「兵藤どの……」

「言うな、佐十郎。わしの腹はすでにきまっておる。今夜にも仙台侯への書面をしたためるつもりだ。おぬしのことも洗いざらいぶちまけようと思うが、異存はないな。そのことを一言、おぬしに断っておこうと思ってきたのだ」

兵藤丹十郎はぐいと杯の酒を飲みほした。

「むろん異存はないが、わしは側用人を罷免された無役の身。利き目などないと思うが」

「なんの。桑山佐十郎といえば磐根藩きっての器量人だということは近隣にも聞こえておる。仙台侯とて、おぬしのことはとくとご承知のはずじゃ。そのおぬしが置かれておる立場をしたためるだけで、文にもぐんと重みが出るというものだ」

「ちと、わしを買いかぶりすぎているようだな」

「いや、おぬしはわが身をかえりみず殿に直言し、謹慎処分まで食らったというに、わしをふくめて執政どもはキンタマを抜かれたように何もせなんできた」

「………」

丹十郎は舌打ちして、口をひんまげた。

「城代は例によってだんまり居士をきめこんでおるし、藤岡も、中塚も、渕上の専横に眉をひそめておるにもかかわらず、いざともなれば糞の役にも立たん」

藤岡は家老、中塚は郡代の要職にあるが、温厚な人柄だけが取り柄で、面と向かって次席家老の渕上隼人正に盾つく度胸は望むべくもなかった。

城代家老の筒井《つつい》帯刀《たてわき》は老齢ということもあるが、会議の席でもめったに発言せず、もっぱら居眠りばかりしている狸親爺である。

渕上隼人正は次席家老というだけではなく、房松ぎみを産んだ志摩の方の養父でもあり、その権力はいまや磐根藩を意のままに動かしているといっても過言ではなかった。

骨のある藩士もすくなくはないが、かれらのほとんどは若輩や軽輩で、発言しても無視されるか、発言する場さえなかった。

兵藤丹十郎が憤慨のあまり、仙台侯の力を借りようと決断したのも無理からぬことだった。

「しかし、仙台に使いを出すには関所手形がいる。渕上派の耳に入るは必定、まず、すんなり手形を出すとは思えぬが」

「案じるにはおよばぬよ」

兵藤丹十郎はにたりとした。

「わしはな、草の者を使うつもりじゃ」

「と、申されると……希和《きわ》どのに」

希和は二年前まで藩政を掌握していた柴山外記《しばやまげき》の娘である。外記が藩内の紛争に巻きこまれ暗殺されたのち、女ながら父の衣鉢をついで草の者の頭領になっている。

「おお、草の者なら関所手形などなくても仙台までひとっぱしりじゃからの」

佐十郎は伊之介ぎみが別邸にうつってから、希和と相談して草の者を陰守りとして警護にあたらせていた。

佐十郎が謹慎の身となってからは兵藤丹十郎があとを引きついでいた。

佐十郎はしばらく沈思した。

仙台侯を介入させるのは時期尚早という気もしないではないが、兵藤の決意は堅く、翻意させることはできそうもなかった。

「うまくいくといいが……」

「なに、案じるより産むが易しということもある。手を打つなら、いまをおいてほかにない」

兵藤丹十郎は磊落に笑うと、そそくさと腰をあげた。

「や、や、つい話しこんでしもうた。酒が出るとこれだから飲んべは困るて」

「屋敷まで供にだれかつけよう」

「ばかを言え。なれた道だ。目をつぶっても帰れるわ」

三

――これでよい、これで……。

兵藤丹十郎は若党が手にした提灯《ちょうちん》の火影《ほかげ》を踏んで上士町の裏通りを屋敷のほうに歩きながら、樅の木が黒々と影を投げかけている桑山屋敷を振りかえった。

――佐十郎め、すこしは落ちこんでいるかと思うていたが……。

気落ちしたようすが微塵《みじん》も感じられなかったことが、兵藤丹十郎にはなによりもうれしかった。

――仙台侯の周旋が吉と出るか、凶と出るか……。

言い出した兵藤にもわからないことだったが、渕上派がじわじわと藩内を侵蝕しつつあるなかで、磐根藩士として何かしないではいられなかったのだ。

もともと兵藤丹十郎は思案することは不向きな質《たち》である。

丹十郎の実家は禄高八十石、大番組の末端に名を連ねてはいたものの、おのれは三男坊の哀しさで婿に出るしかなかった。が、適齢期の娘に好かれる容貌ではないことは自覚していた。となると、なにか取り柄がなければ婿の口もかからない。

城下の藤枝道場に入門し、懸命に修行にはげみ、ようやく目録にまではこぎつけたものの、剣才はないことがわかった。学問は剣よりも、なおさら不向きだった。

――おれは能なしだ。

絶望し、荒んでいたとき、城下の赤提灯の居酒屋で桑山佐十郎とめぐりあった。年下だったが、名前も似ているうえにおなじ藤枝道場の門下ということもあって妙にウマがあった。

「わたしも半端者ですよ」

そう言って佐十郎は気楽に笑った。

剣も半端なら学問も半端、おまけに女も半端ときちゃ、救いようがありませんな、と平気でそんなことを言う。

「ですがね。人間、できすぎるのもよしあしですよ。だいたいが世の中なんて半端なやつが多いんだ。まぁ、焦らず騒がず、のんびりいきましょう。待てば海路の日和ありってこともある」

若いくせに図太いことを言うやつだった。

むろん本気で聞いてはいなかったが、おどろいたことに海路の日和は現実のものになった。

大番組頭の兵藤家から婿入り話が降ってわいたように舞いこみ、気がついてみたら、いつの間にか丹十郎は義父の跡をついで大番組頭になっていた。

そして、桑山佐十郎は近習を振りだしにとんとん拍子に出世し、側用人にまで登りつめたのである。

——佐十郎の地位は実力だが、わしはたまたま運よく、くじを引きあてただけだ。

その思いをずっと引きずってきた。執政の座についたものの藩政に寄与したことなど一度もない。思案に困ったときは佐十郎に相談し、切り抜けてきた。

藩にも、佐十郎にも借りがある。

——この借りは、いつか返さねばならん。

それは、いまをおいてない。おのれがどうなろうと、佐十郎がいるかぎり磐根藩は小ゆるぎもしないだろう。

そう思うと胸のつかえがとれたようで、晴れ晴れした気分になる。

頭上には凍てつくような星空がひろがっている。

もう四つ（午後十時）をすぎているころだ。

上士町は寝静まり、灯りひとつ見えない。

若党がさしかける提灯の火影が路上をほのかに照らしている。

上士町のはずれにある弁天社の石灯籠《いしどうろう》の前にさしかかったときである。

ふいに闇のなかから白刃が襲いかかってきた。

提灯を手にした若党が虚空をつかんでドサッと突っ伏した。投げだされた提灯に火がついて燃えあがった。

「うぬっ⁉」

兵藤丹十郎は咄嗟に刀の柄《つか》に手をかけ、鯉口《こいぐち》を切った。

「兵藤丹十郎と知っての狼藉《ろうぜき》かっ」

怒号し、刀を抜きあわせた。曲者《くせもの》は二人、声を発することもなく遮二無二に斬りつけてくる。燃えあがる提灯の火影に一瞬、顔が見えた。真剣を抜くのははじめてらしく、目が吊りあがり、腰も引けている。

一人の顔に見覚えがあった。藤枝道場に通っていた小普請組の軽輩だが、名前は出てこなかった。追いつめられたような形相で剣先をまっすぐに突きだし、つんのめるように突進してきた。懸命に刀を横殴りに払った。刃と刃がからみあい、ガチッと鋭い金属音がした。刺突は間一髪かわしたものの、脇腹を刃がかすめ、熱湯を浴びたような劇痛が走った。

「だれに頼まれたっ。渕上か！」

声をふりしぼったが、すでに息があがっていた。

だらしなく、喉がぜいぜいと悲鳴をあげている。必死で刀を青眼にかまえたが、腕が小刻みに痙攣《けいれん》している。このところ木刀さえ振ったことがない。ましてや真剣を抜いての斬り合いなど、はじめてのことだった。

斬られた脇腹から流れだす血が生あたたかい。目がかすんできた。

そのかすんだ目が、二人の狼藉者の背後にひっそりとたたずんでいる長身の侍の影をとらえた。そいつは刀の柄にも手をかけず懐手をしていた。

——後詰めだ！

絶望が兵藤丹十郎をとらえた。敵は二段がまえで、なにがなんでも丹十郎を葬ろうとしているのだ。

一人が狂ったように刃を振りかぶり、一気に間合いをつめてきた。

「しゃっ！」

兵藤丹十郎は気力をふりしぼって躰を横に投げだしざま、刀を薙《な》ぎ払った。

ズンと鈍い手応えを感じ、刃が狼藉者の胴をザクッと斬り裂いた。

「う、ううう……」

刀を振りあげたまま、たたらを踏んだ狼藉者が兵藤丹十郎のわきをつんのめるように駆け抜け、路上に突っ伏した。

――ふ、わしもまんざら捨てたものではないわ。

せっせと藤枝道場に通っていたころの感覚がもどってきたような気がした。

――よし、来いっ。

肩で息をつきながら兵藤丹十郎は白壁の塀を背にして、残った敵に立ち向かおうとした。仲間が一人、斬り倒されたことで怖じ気づいたのか、残った小普請組の軽輩が刀をかまえながら、背後の長身の侍に救いをもとめるように視線を走らせた。

懐手のまま高みの見物をしていた長身の侍がのそりと歩みだした。

燃えつきかけている提灯の火が侍の顔をかすかに照らした。

侍の額に凄まじい刀痕が走っていた。見覚えのない顔だった。

――なにやつ⁉

長身の侍は口に冷笑をただよわせると、だしぬけに腰をひねりざま抜き打ちの一閃を放った。

が、刃唸りがする剣風が襲ったのは、味方のはずの小普請組の軽輩だった。袈《け》裟《さ》がけの一刀が軽輩の肩をザックリと斬り割り、血しぶきが夜空に噴出した。

――どういうことだ⁉

兵藤丹十郎は思いもよらぬなりゆきに頭が混乱した。

「お、おぬし……いったい」

長身の侍は血刀を手にしたまま兵藤丹十郎に薄笑いを見せた。背筋が凍りつくような不気味な笑みだった。

「うっ⁉」

たじろいだ瞬間、血刀の剣先が反転し、兵藤丹十郎の喉笛に嚙みついた。

四

翌日の七つ（午後四時）ごろ、桑山佐十郎はひさしぶりに紋付羽織に袴《はかま》をつけ、若党の山村俊平を供に屋敷を出た。

七つ半（午後五時）から城下の御弓町にある立願寺で行われる兵藤丹十郎の通夜に出るためである。

昨夜、丹十郎は桑山屋敷を辞去したあと、上士町の弁天社の前で小普請組の鶴《つる》岡助作《おかすけさく》と田村清次郎《たむらせいじろう》の両名に襲われ、斬りあいとなり、二人を斬り伏せたものの、自分も深手を負って絶命したという。

──闇討ちにあったな。

知らせを聞いた途端、そう直感した。

大目付は相討ちと裁定したらしいが、二人が丹十郎を襲った動機については暴挙ということで片づけてしまったらしい。

──そんなばかなことがあるか。

裁定には政治的配慮がはたらいたとしか考えられなかった。

鶴岡助作と田村清次郎の二人が丹十郎を襲撃したのは事実だろう。

しかし、小普請組の大半が渕上派だということはわかっているし、闇討ちを命じたのは、渕上隼人正のほかにはありえない。

さらに、丹十郎を斬ったのは鶴岡でもなく、ましてや田村でもなく、

──下手人はほかにいる……。

桑山佐十郎は、そう確信していた。

鶴岡助作は藤枝重蔵の門弟で、桑山佐十郎も顔は知っているし、若党の山村俊平は道場の稽古仲間だった。

腕のほうはどうだった、と俊平に訊いたら、「鶴岡は切り紙がやっと、というところでした。田村清次郎はたまに道場に顔を出すぐらいで、ろくに稽古もして

いなかったはずです」と俊平は一蹴した。

ただ二人とも気性が荒く、喧嘩っぱやかったらしい。

俊平は七年前から藤枝道場に通っているが、なかなか剣の筋がよく、去年、免許の上の印可をもらっている。

師匠の藤枝重蔵から聞いたところによると、佐十郎よりずんと筋がいいという。

その俊平の言うことだ。まず、まちがいはないだろう。

丹十郎の腕は桑山佐十郎もよく知っている。

免許まではいかなかったが目録より上の力量はあったし、なによりも肝がすわっていたから、いくら不意をつかれたといっても、白刃にひるむような男ではなかった。年は鶴岡や田村より食っているが、「真剣での斬り合いでは、技量よりも度胸がものを言う」と、これは何度も修羅場をくぐってきた親友の神谷平蔵から聞いたことがある。

——たかが切り紙がせいぜいの鶴岡助作に……。

むざむざ斬られたとは思えなかった。

だいいち、相討ちにしては手傷の負い方がおかしい。

俊平が聞いてきたところによると、丹十郎の傷は脇腹の掠り傷と、致命傷になった喉笛の二ヶ所だという。

鶴岡のほうは袈裟がけの一刀で即死、田村のほうは胴を斬り裂かれた一撃で腸《はらわた》が飛びだしていたらしい。

袈裟がけに斬られた鶴岡に丹十郎の喉笛を斬ることができたとも、また腸が飛びだすほどの深手を負った田村に、丹十郎の喉笛を斬るだけの余力があったとも思えない。

何度も斬り合いの情景を想定してみたが、どう考えても無理がある。

——やはり、もう一人……。

腕のたつ下手人がいた。そうとしか考えられなかった。

——そのあたりを迫田《さこた》はきちっと調べたのか、きちっと……。

大目付の任にある迫田権之丞《ごんのじょう》の鬼瓦のような顔を思いうかべ、佐十郎は歯ぎしりした。

迫田権之丞は大目付という役目の手前、中立を標榜しているが、時の権力に盾つかないことを信条にしているような男である。

「ありゃ鬼瓦は鬼瓦でも、張り子の口だからな」

御弓町に向かいながら、ぼそりとつぶやくと、

「は……」

供の山村俊平がけげんそうに訊きかえした。

「いや、なんでもない」

まだ下城の時刻まで四半刻はあるというのに、立願寺には早くも焼香者が詰めかけていた。

謹慎中の桑山佐十郎が姿をあらわしたことで、焼香者の中には目引き袖引きする者もいたが、佐十郎は動じなかった。

謹慎は登城して政治向きに口出しすることや、遊興にふけったりすることを慎めということで、親しい友の通夜に顔を出すのに、なんらはばかることはない。

焼香をすませ、妻女や嫡子に悔やみと励ましを述べて帰ろうとしたとき、門前についた駕籠《かご》から渕上隼人正がおりたった。

たしか渕上隼人正は、今年四十三歳になる。若いころは城下の蓮《はす》っ葉《ぱ》な娘たちから騒がれたこともある端整な容貌にくわえて、近頃では藩権力を掌握している自信が威風になってあらわれている。

「やぁ、これは佐十郎ではないか」

にこやかに声をかけながら近づいてくると、渕上隼人正はもっともらしく沈痛な表情を投げかけた。

「おどろいたであろう。下手人は小普請組の若輩者だそうだが、なにをとち狂って丹十郎を襲ったのか、見当もつかぬわ。おぬしは兵藤とは親しい間柄だったから、心中察するにあまりある」

桑山佐十郎は無言で会釈を返したが、腹のなかは煮えくりかえっていた。

——ようも、ぬけぬけとしらじらしいことを申すわ。

その腹の虫をこらえて、

「丹十郎の家督はどうなりましょうや」

と訊きかえすと、渕上は鷹揚《おうよう》にうなずいてみせた。

「案じるな。狂い者に襲われたというだけで、兵藤に責めはない。しかも怯《ひる》むことなく刀を抜きあわせ、みごとに両名を討ち果たしておる。武士の名分は立派に立っておるゆえ、嫡子相続になんら支障はない」

「それを伺って安堵《あんど》いたしました」

「そうそう、貴公の謹慎もほどなくとけよう。側用人の座も、いまだ空席のままじゃ。貴公のかわりが務まるような器量人はおらんからの。殿のご勘気もほどなくとけよう。復帰を待っておるぞ」

如才なく、見えすいた世辞を言うと、まわりの参列者の挨拶には目もくれず焼香に向かった。

俊平をうながして門前の通りに出たところで、遠州屋藤右衛門が手代と丁稚《でっち》をともなってやってきた。

佐十郎を見て、これはというように足を止めたが、べつに挨拶するでもなく、軽く頭をさげただけで通りすぎていった。

渕上隼人正の如才なさとは大違いのそっけなさだ。

——商人だが、図太さはこいつのほうが一枚も二枚も上だな。

遠州屋藤右衛門は渕上隼人正にすりよることで、磐根藩の財政を左右するまでにのしあがった男である。

——内紛の元凶はこやつのほうかも知れぬ。

そんな鬱屈をかかえたまま、御弓町を上士町のほうに向かいかけたところで、菅笠をかぶり、背に薬箱をしょった行商人が後ろから追い抜きざま声をかけてきた。

「桑山さま」

「うむ？　お、東吾《とうご》ではないか」

行商人は徒目付《かちめつけ》の伊沢《いさわ》東吾だった。

「お話があります。この先の鍛冶屋にお立ち寄りください」

それだけ言うと、脇目もふらず足ばやに通りすぎていった。

徒目付は藩士の理非曲直を糺《ただ》すため探索や捕縛にあたる役目である。どうやら薬売りの風体は、そのための偽装らしい。

伊沢東吾は藤枝道場の門弟で、佐十郎が前々から目をかけている男だった。

剣の腕前もなかなかのものだが、権門に媚びるようなことはまちがってもしない剛直の士でもある。

五

東吾は横道の路地にそれ、姿を消してしまったが、佐十郎は言われるままに一町（約百メートル）ばかり先にある鍛冶屋の土間に足を踏み入れた。

ふいごの炎で真っ赤になった鍬《くわ》をトンテンカンと槌《つち》でたたいていた鍛冶屋の親爺が、無言で目を奥に向けてしゃくって見せた。

佐十郎は俊平に目配せして、俊平を待たせたまま土間を抜けて奥に向かった。

突きあたりの板戸をあけると、炭俵や薪の束が積みあげてある裏庭の井戸端に伊沢東吾が菅笠をとって待っていた。

「ご足労をかけました」

「なんの。ようも化けたものだの。声をかけられなければ東吾だとは気づかなんだ。さすがは徒目付だな」

「いまは大目付のお指図から外れて動いておりますゆえ」

「ほう……」

徒目付は大目付の配下にある。その意向を無視して自分の判断で極秘に動いているらしい。

「いいのか、そんなことをして」

「なに、それがしも、いざとなれば大目付の首を飛ばすだけの弱みをいくつもつかんでおります」

「ふふふ、怖いものだの。徒目付というのは」

「出世したいなどと思わなければ、世の中に怖いものはありませぬ」

伊沢東吾はこともなげに言うと、一変して沈痛な表情になった。

「兵藤さまのこと、さぞや、ご無念でしたでしょう」

「うむ。実をいうとな、昨夜、丹十郎はちと内密の用があって、わしの屋敷を訪れた帰途を襲われたのだ」

「あの現場を見たとき、すぐ、そうではないかと思いました。兵藤さまが夜更けにあのあたりに出向かれるとすれば、桑山さまのお屋敷しかありませぬ」

「見たのか。丹十郎の亡骸《なきがら》を……」

「はい。喉笛をもののみごとにバッサリと一太刀。傷口を見ただけで相当な遣い手だと見ました」

「鶴岡と、田村の傷はどうだった。おなじ下手人の仕業だと思ったか」

「いえ。田村は兵藤さまと正面から斬りあっての傷だと見ました。これは兵藤さまの脇腹の傷から見て、斬り結んだときに兵藤さまに斬られたものでしょう。兵藤さまの刀にも血糊がのっておりました」

「鶴岡のほうはどうだ」

「これが妙なことに斜め後ろから後ろ袈裟《げさ》に斬られたものでした」

「後ろ袈裟に、か……」

「はい。それはもう、凄まじい斬り口でした。よほどの遣い手によるものだと思いました」

「ふうむ……」

「兵藤さまもそこそこには遣われますが、鶴岡の刀には血糊がついておりませなんだ。ならば兵藤さまを斬ったのは田村ということになりますが、胴を割られた田村がどうやって兵藤さまの喉笛を斬り裂くことができたのか合点がいきません」

「うむ」

「それに、そもそも田村は棒振り剣術の口で、あれほど凄まじい剣が遣えるとは思えませぬ」

さすがは伊沢東吾、よく見ていると思った。

「つまりは、ほかにもう一人、兵藤を斬ったやつがいる。そういうことだな」

「はい。おそらく鶴岡も、そやつに……」

「うむ。わしもそうではないかと思っていた。だが、わからんのは、そやつがなぜ一味のはずの鶴岡と田村まで斬ったのかということだ」

「おそらく、あの両名は、はなから目くらましだったのではありますまいか」

「目くらましとは、どういうことだ」

「真の刺客人は介添役のふりをして鶴岡と田村に同行し、兵藤さまと相討ちになったように見せかけようとしたのではありますまいか」

「では、はじめから二人とも始末するつもりだったというのか」

「はい。そう考えぬと、辻褄があいませぬ」

「ううむ……」

佐十郎は目から鱗が落ちる思いがした。

「なるほど、それで迫田は早ばやと相討ちで決着をつけようとしたのだな」

「はい。……こう申してはなんですが、大目付はすでに渕上派にとりこまれているものと思われます」

「下手人を隠そうとするのは、そいつが渕上派の者だからか」

「いいえ。残念ながら藩内には一気に二人を斬って捨てるほどの遣い手はおりますまい」

「すると、下手人は磐根藩の者ではないということか」

「おそらくは」

「ちっ！　いったい、どこからそんなやつを……」

「桑山さま」

伊沢東吾が声をひそめた。

「笹舟町に遠州屋の寮があるのをご存じですか」

「ああ、なかなか凝った造りの屋敷だと聞いているが、それがどうかしたか」

「最近、あの寮に、これまで見かけなかった浪人者がひとり居候をきめこんでおります。上背があり、目鼻立ちもととのっておりますが、額の刀傷のせいか険悪な人相に見える男です」

「ほう。額に刀傷が……」

「どこから来たのかはわかりませんが、相当に修羅場を踏んできたやつに相違ないと見ました」

「ははぁ、遠州屋が拾ってきた用心棒がわりの飼い犬だな」

「わたしは、きゃつが兵藤さまを斬った刺客ではないかと見ています」

「……東吾」

「大目付は相討ちで一件落着のおつもりのようですが、わたしは納得しておりませぬ。かならず真相を暴いて見せます」

「おい、あまり暴走するなよ。丹十郎の二の舞いになりかねんぞ」

「ご心配にはおよびません。探索には年季が入っておりますゆえ」

伊沢東吾は白い歯を見せてニコッとした。

「それに徒目付や同心のなかには、わたしと同腹の者も何人かおります」

「ほう。それは心強いな」

「それより桑山さまのほうこそ、くれぐれもご用心ください。渕上派にとって桑山さまは最大の障害のはずです。いつ、刺客をさしむけてくるやも知れませぬ」

「ふふふ、怖い話だが、あいにくわしは謹慎中の身だ。屋敷にこもっておるわ」

「それがなによりと存じます」

土間のほうからは、変わりもなく親爺が槌を打つ音がトンテンカンとのどかにひびいてくる。

「あの親爺は吾平といって無愛想者ですが、信じていただいて大丈夫です。わたしにご用のときは吾平にお申しつけください」

「よし、わかった」

# 第六章　乱れ雲

## 一

トントントンと文乃が包丁を使う音がしている。

竈《かまど》の前では結が火吹竹に口をつけてフウフウ吹いていた。

「結さん。お釜が吹きだしたら火加減に気をつけてね」

「はい。はじめチョロチョロ、なかパッパ、赤子泣いても蓋とるな、ですね」

「えらいわね。そのぶんなら、いつでもお嫁にいけますよ」

「そんな。わたし、裕太郎が一人前になるまでお嫁になんかいきませんから」

まるで親子か、姉妹のような口をきいている。

結は祖母が元気になってきた礼だと言って、ちょくちょく平蔵のところにやってきて、こまめに掃除や洗濯をしてくれるようになった。

文乃は文乃で屋敷にいてもすることがないと言って、三日とあげずに平蔵の世話を焼きに訪れてくる。すっかり結が気にいったらしく、祖母が裕太郎の面倒を見られるようになれば、従妹《いとこ》が嫁いでいる藍染め屋の阿波屋に通い女中として雇ってもらえるようにしてくれることになっている。

長屋の女房たちは、文乃と結のどっちが平蔵と所帯をもつことになるのか、寄るとさわると、その噂でもちきりらしい。

いちいち反論するのもばかばかしいから、平蔵はほったらかしにしている。

今日、文乃は磐根の桑山佐十郎からの文を届けにきてくれた。

奥の六畳間にあぐらをかいて巻き紙にしたためられた佐十郎の文に目を走らせているうち、平蔵の顔が険しくなってきた。

佐十郎は磐根藩が容易ならざる状況であることを伝えたあと、大番組頭の兵藤丹十郎が刺客に襲われて絶命した前後の状況を刻明に記してきた。

兵藤丹十郎とは年がだいぶちがっていたから、さほど懇意にしていたわけではないが、藤枝道場で何度か手合わせをしたことがある。

せっかちな気性に似ず、受けにまわるとなかなかしぶとい、腰のすわった剣を遣う人だった。

兵藤はその夜、桑山邸を訪れての帰途、闇討ちにあったという。

佐十郎が痛恨のきわみともらしているのを見て、平蔵も血が熱くなった。

兵藤丹十郎を斬った刺客は藩士ではなく、上背があり、額に三日月形の刀傷がある浪人者らしいという。

その浪人者は磐根の豪商遠州屋の寮に起居していて、遠州屋の主人が身のまわりの世話につけた女中に、江戸にいたことがあるともらしたらしい。

——九分九厘、戌井又市にまちがいない。

平蔵は確信した。

戌井又市の探索に躍起になっている北町奉行所の斧田同心も、

「どうも、やつは高飛びしたんじゃありませんかね」

と、半分匙《さじ》を投げているようだった。

日本橋の高札場《こうさつば》にかかげられた手配書も、風雨にさらされ黄ばみかけている。

——さて、どうしたものか……。

巻き紙の文をまるめながら、平蔵は台所の文乃に目を向けて思案した。

佐十郎はめったに弱音を吐かない男だが、謹慎の身で思うように動くことができないのだろう。

磐根藩のお家騒動はこれで四度目である。そのうちの三回、平蔵自身もかかわってきた。

いい加減にしろ、と言いたいところだが、もし戌井又市が磐根で殺人剣をふるっているとなれば看過することはできない。戌井又市の凶刃の凄まじさを身をもって目撃しているだけになおさらだった。

磐根には藤枝重蔵もいれば土橋精一郎もいるが、藤枝重蔵は藩士ではないから動くにも、おのずと限界があるし、かなりの年輩でもある。土橋精一郎は年も若いし、磐根藩士のなかでは屈指の剣士だが、戌井又市と五分に闘えるかとなると、一抹の不安がある。

それに今回の内紛の原因が磐根藩の世子をめぐる暗闘だとすれば、戌井又市の凶刃が伊之介に向かわないともかぎらない。

「文乃どの……」

ようやく平蔵は腹をきめた。

「手をとめてすまぬが、ちと話したいことがある」

「はい」

文乃は葱をきざんでいた包丁を俎板《まないた》の上に置き、布巾で手をふきながら座敷にうに平蔵を見た。

あがってきた。

　藍縞《あいじま》の紬《つむぎ》の裾をそろえてすわると、すこし緊張したような目ですくいあげるよ

「おれは磐根にいってこようと思う」

「磐根、に……」

　文乃は黒々とした双眸《そうぼう》を瞠《みは》った。

「それは、また……」

「佐十郎の文によると、おれが探していた男が磐根にいるらしい。江戸で何人ものひとを殺《あや》めたから、江戸にいられなくなって高飛びしたのだろうと思う」

「と申されますと、あの高札場に出ていた……」

「うむ。戌井又市という男だが、人を殺めることになんのためらいもない非道なやつだ」

「なんでも岡場所のおなごまで殺めたと聞きましたが」

「ああ、おのれが一夜の伽《とぎ》に買《こ》うたあげくに、首を絞めて殺したそうだ」

「なんというむごいことを」

「佐十郎の文によると、どうやら、その戌井又市が高飛びして磐根にあらわれ、

大番組頭の兵藤丹十郎どのを闇討ちしたらしい。むろん、裏で糸を引いている悪党に雇われてのことだろう」

「………」

「磐根の内紛にかかわるつもりはないが、あやつが凶刃をふるうのを見すごすわけにはいかない責めが、おれにはある」

文乃はひたと平蔵を見つめてうなずいた。

「あとのことは案じられますな。神谷さまを頼りにされている方の病いを治してさしあげることはできませんが、結どののことや、この家のお留守はおまかせくださいまし」

「それはありがたいな」

磐根に行くとなると、片がつくまでどれだけかかるか見当がつかない。そのあいだ家をしめっきりでは畳もカビが生えるし、鼠の棲《す》み家《か》になりかねない。かといって近所の女房に頼むというのも気がひける。

「なに、患者といっても風邪っぴきか腹くだしぐらいが関の山でな。一刻を争うような急患はべつの医者に駆けこむだろう。厄介なのはむかいの脚気の女房と、腹ぼての隣のカミさんの口ぐらいのもんだが、さして悪気のない連中だから気にせんでもらいたい」

「ま……」

途端に表の戸障子をあけて、提灯張《ちょうちんは》りの由造《よしぞう》の声が飛びこんできた。

「せんせい。今朝、おきがけにぎっくり腰をやっちゃって、ここまでくるのがやっとなんで……ア、イテテテッ」

「あらあら、それは大変……」

文乃が腰をあげ、小走りに出ていった。

「さ、わたしの肩につかまってくださいまし」

「へっ。あ、こりゃ、ご新造さまで……どうも、お手数をおかけしやす」

「ま、ご新造だなどと……」

「へへへ、どっちにしろ、せんせいはおなごにもてやすからね。しっかり手綱をしめてねぇとあぶのうござんすよ」

「はいはい、わかりました」

——ちっ！　由造のやつ、よけいなことを……。

舌打ちしたところに結が上がり框《かまち》に顔を出し、くくくっと笑った。

「神谷さま。いつの間に文乃さまをご新造になさったんですか」

「ばか! 小生意気なことを言ってると尻をひっぱたくぞ」

腰をあげたところに、文乃がせきたてにきた。

「神谷さま。早く治療してあげてくださいまし、ずいぶん、おつらそうですよ」

「なに、ぎっくり腰なんぞ病いのうちに入らん」

「ま、そんな薄情なことをおっしゃって」

文乃に睨まれてしまった。

「わかった、わかった」

診療室に入っていくと、由造が寝たまんまで指を二本立て、にんまりと片目をつぶって見せた。

「へへへ、いずれ菖蒲《あやめ》か、燕子花《かきつばた》。色男もつろうござんすね」

「こいつ……」

「あっ! イテテテテッ。ひでぇなぁ、せんせいも」

二

「ほんとに、おかしなひとだっちゃ」

女はくくっと笑った。

「おらのどこが気にいったんだか、わかんねぇ」

女はかたわらに横臥している戌井又市の顔をしげしげと見つめた。

「おらはよ。出戻りで年も食ってるし、色も白かねぇ。こまいときから野良仕事してたで、足は太いし、手もあかぎれでバサバサしてっし、ええとこなんてどっこもありゃしねぇべ？」

又市は頬杖をついたまま女の乳房を飽きずにいじっている。女の乳房は掌にあまるほど量感があり、薄桃色の乳首は小ぶりなナツメの実ほどもある。

唇はぽってりと厚く、鼻も低い。瞳はちいさく茶がかっているし、目尻もすこしさがっている。お世辞にも器量よしとは言えなかった。

野良仕事をしていたから顔や腕は小麦色にこんがり日焼けしていたが、胸から太腿《ふともも》にかけての皮膚はおどろくほど白く、艶やかだった。

戌井又市が笹舟町の遠州屋の寮に移されて起居するようになったとき、主人の藤右衛門は上客の接待用に使っている女のなかから上玉のひとりをえらんであてがおうとしたが、一目見ただけで又市は鼻でせせら笑った。

「こんな白粉首《おしろいくび》は抱き飽きた。見ただけで吐き気がする」

そう言うと、廊下で雑巾がけをしていた下女を目でしゃくり、あの女がいい、と藤右衛門に告げた。

――それが、おひさだった。

藤右衛門は母屋とは別棟になっている離れ部屋を又市に提供し、身のまわりの世話一切をおひさにまかせた。

おひさはそうしたことになれていなかったらしく、はじめのうちはぎこちなかったが、枕を重ねるにつれ情がつのってきたのか、まめまめしく又市の世話をするようになり、問わず語りにおのれの身の上話までするようになった。

おひさは近郷の小百姓の娘だったが、十九歳のとき、嫁いで間もなく夫の留守を狙っていた舅《しゅうと》から手ごめにされた。

夫に告げるのが怖くて黙っていたら、しばらくして、おひさが納屋で草鞋《わらじ》を編んでいたとき、夫の弟が入ってきていきなり抱きついてきた。

おひさが抵抗すると、義弟は「親父にさせて、おらにはさせねぇのか」とすごんだ。

舅のことを夫に告げ口されたら追い出されると思い、言いなりになった。

それからは夫の目を盗んでは舅と義弟が、かわるがわるおひさを抱きにきた。

それが夫に知れて離縁されてしまったのだと、おひさは言った。

「ばかか、おまえは。そんな糞親爺は棹《さお》に嚙みついてやるか、キンタマをにぎりつぶしてやりゃよかったんだ」

又市がそう言うと、おひさは目を瞠《みは》って首を激しく振った。

「そんだら、おっかねぇこと、おらにはできねぇだよ」

いわくつきの出戻り娘を持てあました父親が藤右衛門に泣きついて、賃金などいらないから雇ってくれと頼みこみ、遠州屋の下働きにしてもらったのだという。

おひさが遠州屋で働くようになって七年になる。そのあいだに何人か、下男に夜這いをかけられたことがあるが、おひさは黙って抱かれてやったという。

「安い賃金じゃ岡場所にも行けねぇし、かわいそうだからね」

おひさはけろっとした顔でそう言って笑った。

――どっちが、かわいそうか、わかってるのか、こいつ……。

おひさのお人好しに呆れたが、どうやら、おひさには自分というものを捨ててしまっているようなところがあるらしい。

「あんたみてぇに優しくしてくれた男は、生まれてはじめてだっちゃ」

おひさから、そう言われたときは又市も戸惑った。

「おれの、どこが優しいんだ」

と訊くと、男はだれもが大急ぎで用をすますと逃げるように去っていくが、又市だけは一晩中、おひさを抱いて寝てくれるのがうれしいのだと言った。

――こいつ……。

又市は唖然《あぜん》とした。

これまで数えきれないほど人を斬ってきた又市は、夜、悪夢にうなされる。

又市は熟睡したいために、疲れ果てるまで女を抱くのだ。女の乳房を一晩中つかんで離さないのも、悪夢から逃れたいからだ。

それを、おひさは優しいからだという。

――こいつ、どうかしてやがる……。

そう思ったが、どういうわけか邪険にできなかった。

おひさは、おろくや、お島とはどこかちがう気がする。

枕元で有明行灯《ありあけあんどん》の灯りがゆらいでいる。

今夜も、又市は寝つけなかった。

おひさを相手に酒を五合あまり飲み、二度もたてつづけに交わったが安らかな睡眠は訪れなかった。とろとろとするものの、すぐに目が冴えてくる。

先夜、兵藤丹十郎という侍を斬ったときの後味の悪さが、胸の底に澱《おり》のようにこびりついていた。

兵藤という男を斬ったのはいい。人斬りは始末屋稼業でなれている。だが、藤右衛門は同行する二人の藩士も、その場で始末してもらいたいと言った。

——あとあとのためです。

藤右衛門は涼しい顔で、そうほざいた。

あとあとのため、というのは、藤右衛門とつるんでいる渕上隼人正の意向をくんでのことだ。

——あいつらは根津の甚兵衛より何層倍も腹黒い、きわめつけの悪党だ。

そう思った。

根津の甚兵衛も殺しの元請人だから冷酷非情な男にはちがいないが、手駒である始末屋は大事にした。又市を消そうとしたのは面が割れるようなことをしてはならないという掟を、又市が破ってしまったからだ。

あのとき同行した二人の若侍は、渕上隼人正から兵藤丹十郎を斬れという密命をうけてきた、いわば身内である。

藩の御為《おんため》などとおだてられた跳ねっかえり者だろうが、兵藤丹十郎という侍は、あんな若僧に斬られるような男ではなかった。

おそらく渕上隼人正も、遠州屋藤右衛門も、そんなことはわかっていたにちがいない。だったら、はじめから又市ひとりにまかせればすむことだった。

それを相討ちに見せかけるために、わざわざ二人を人身御供に使ったのだ。

――手のこんだ狂言をしやがる。

仲間だと信じきっていた又市に土壇場で裏切られた若侍は、死んでも死にきれずに賽《さい》の河原で迷っているだろう。

藩の御為なんぞという美辞麗句に躍らされるやつも阿呆だが、そういう阿呆を裏であやつって涼しい顔をしているやつには反吐《へど》が出る。

又市は寝つかれぬまま、杉の柾目《まさめ》が通った天井板を見あげながら、むしゃくしゃしていた。

「ねぇ……あんた。ここに、ずっといちゃだめだっちゃ」

おひさが又市の胸に頬をこすりつけ、思いもかけないことをささやいた。

「どういうことだ？」

「うちの旦那はおっかねぇおひとだよ」

おひさは怯《おび》え顔になって声をひそめた。

この離れ部屋に滞在した浪人は、いずれも一ヶ月とたたぬうちに姿を消してしまい、そのうちの何人かは不知火川や、不知火湊で死体になって発見されたという。

「うちの旦那に睨まれたら磐根じゃ生きていけねぇって、みんな言ってるだ」

「おい、おれだからいいが、ほかのやつの前では二度とそんなことは口にするな。藤右衛門の耳に入ったら殺されてしまうぞ」

「言うわけねぇっちゃ。おら、あんたのほかにしゃべる相手なんかいねぇもん」

気楽にくすっと笑って、おひさは又市の股間をまさぐってきた。

あかぎれした太い指が棹にからみつき、睾丸《こうがん》をすくいとり、いとしげに撫ぜまわす。むくりと棹《さお》が怒張してきた。

おひさが腰をすりよせ、ふとやかな腿を巻きつけてきた。

しんしんと底冷えがする。

又市は腕をのばして、おひさの腰をぐいと引きよせた。

「ねぇ、あんた……死んじゃいやだよ」

まだ、おひさは真顔で訴えかけている。

――この女……。

又市はまじまじと、おひさの土臭い顔を見つめた。

有明行灯の油が切れかけたのか、灯芯がチリチリと音を立てている。

丸窓の障子がほのかに白みかけてきた。

三

不知火の関所は、左右が切り立つ崖になっている狭間《はざま》にもうけられている。

関所は峠の中腹にある山寺で撞《つ》く明け六つの鐘であけられ、入相《いりあい》の鐘を合図にしめられる。

神谷平蔵が関所にかかったとき、ちょうど明け六つの鐘の音が聞こえてきた。

関所役人は手形をしげしげとあらためてから平蔵の顔と見くらべた。

「磐根の、どこに参られる」

――おかしなことを訊く。

と思ったが、関所役人の目には、旅塵にまみれた平蔵が胡乱《うろん》なやつと映ったのかも知れない。平蔵はさり気なく答えた。

「城下の藤枝重蔵どのを訪ねるつもりだが」

謹慎中の桑山佐十郎を訪ねると言えば、うるさいことになりかねないと考えたからである。そのせいか、役人はすんなりと通してくれた。

が、そのことが逆に不自然な気もした。

一年ほど前、平蔵は藩主に逆心を抱く黒脛巾組《くろはばきぐみ》の襲撃を阻止すべく剣友の矢部伝八郎とともに駕籠《かご》わきを守り、この不知火峠で死闘をくりひろげた。そのとき、藤枝重蔵も駕籠わきにあって藩主を死守した、いわば同志だった。

また平蔵と現世子の伊之介ぎみとの間柄も、磐根藩士なら、だれしも知っていることである。

関所役人がそれらのいきさつを知らないはずはないし、伊之介ぎみを廃嫡《はいちゃく》しようと動いている渕上隼人正が藩権力を掌握していることが事実とすれば、手形に記された神谷平蔵の名を見て、なんの反応もないというのはおかしい。

——胡乱なのはどっちだ。

と言いたいくらいだが、関所の小役人は藩政などには無関心なのかも知れんと思いなおした。

江戸を発《た》ってから平蔵は、毎日未明に宿を早発ちし、昼飯を食うときのほかは休むことなく先を急いできた。

明け六つといっても、峠の山道は朝霧につつまれていて足元も定かではないが、ここまでくれば日暮れには磐根城下に入れるだろう。

佐十郎の屋敷につくのは日が暮れてからのほうが目立たなくていい。

平蔵はすこし歩調をゆるめた。霧が晴れてくるにつれて平野が眼下にひろがりを見せはじめた。

空には雲はなく、明けの明星が手が届きそうにまたたいている。

朝霧のなかに湿った樹木の香りと、澄み切った大気の清涼がただよっている。

平蔵にとって磐根ノ国は、青春の息吹がいっぱいつまっているところだ。

——いい国だ……。

あらためて、そう実感した。

不知火川に沿った街道は日が昇るにつれて往環する人びとで賑わってくる。

刈りとられた田で落ち穂をついばむ雀や烏が群れ、川べりには下り鰻《うなぎ》や鯰《なまず》の仕掛け針を引きあげてまわる川漁師の姿も見える。

不知火川の鰻や鯰は身がしまっていてしつこくない。

——そういえば……。

若いころ、道場帰りに仲間と食った泥鰌鍋《どじょうなべ》は絶品だった。煮つまった鍋底に焦げついてきた笹がき牛蒡《ごぼう》を、争って箸でこそげ落とし、口に頬ばった香ばしさは、思いだしただけでも生唾がじわりとわいてくる。

食い物もうまいし、酒もうまい。女も土臭いが、江戸の岡場所の女より情があって忘れがたい。

こんな国で、どろどろした醜い政争が繰り返されるのが嘘のような気がする。

——大人にはなりたくないもんだ。

つくづくそう思う。

平蔵が城下町に入ったのは、暮色が濃くなりはじめた七つ半（午後五時）ごろだった。

下城の時刻はすぎていて、町にはもう藩士たちの姿は見られなくなっていた。

平蔵は上士町の裏通りを抜け、桑山屋敷の裏木戸から庭に足を踏みいれた。

母屋の裏口にある井戸端で釣瓶《つるべ》の水を盥《たらい》にくみあげていた、きねという女中が、菅笠をとった平蔵の顔を見て棒立ちになった。

「よう、おきねさんだったたな。まだ嫁にいかんのか」

「ま……」

きねは真っ赤になるとバタバタと奥に飛びこんでいった。

井戸端で埃《ほこり》まみれの草鞋《わらじ》と足袋《たび》を脱ぎ捨て、足を洗っていると、村井杢助があたふたと駆けだしてきた。

「か、神谷さま……」

「やぁ、杢助。達者だったか」

「こ、これは、また……」

「なんだなんだ。友あり遠方よりきたるというではないか。すこしは歓迎の意をしめしたらどうなんだ」

笑いながら手ぬぐいで足を拭いていると、庭下駄をつっかけた佐十郎が勝手口からせかせかと姿を見せた。

「平蔵！……どうして、また」

「どうもこうもない。磐根藩の出稽古を止められたんでは貧乏道場のあごが干上がる。なんとかせいと伝八郎にせっつかれてな」

「そうだろうな。気にはなっていたが、なにしろ、こっちのあごも干上がりかけておるからの」

「どうだ。いっそのこと七面倒臭い城勤めなど足を洗って、江戸に出てこんか。貧乏道場の代稽古の口ならあいておるぞ」

「こいつ……」

佐十郎はしみじみと平蔵を見つめた。

「……それにしても、よく来てくれたな」

「……苦労するな、佐十郎も」

「なに、これぐらいのことでへたばりはせんさ」

「うむ。その顔色なら案じることはなさそうだ」

「そりゃそうと、診療所のほうは留守にしてもかまわんのか」

「なに、ぶらり風まかせが、おれの売り看板だ。心配ご無用」

「ふふふ、ぶらり風の吹くままか。きさまが心底うらやましいよ」

「こら、弱音を吐くな。佐十郎らしくもないぞ」

「ま、とにかくあがってくれ」

# 四

――志摩の方さまが、法興寺に……。

――うむ。わしも忘れておったが、今月の六日が渕上家の先々代の大祖母《おおばば》さまの命日にあたるそうな。

――ははぁ、ご家老さまの、大祖母さまの。それはそれは義理堅いことで……。

――なんの、お志摩が、やれ法事だの、里帰りだなどと申すのは、わしに会わんがための口実にすぎぬ。あれのわがままにも困ったものよ。

――よいではありませぬか。それだけ志摩の方さまが、ご家老さまにご執心なされている証しではございませんか。

――これ、めったなことを申すな。

――これは、つい口がすべりました。

――ま、一献やるがよい。

――恐れいります。

――あれの機嫌をとるのも疲れるが、それも房松を世子にするまでの辛抱じゃ。

——そうはおっしゃいますが、志摩の方さまほどの美女を思うがままになされる気分は格別でございましょう。なろうことなら、わたくしもあやかりたいものでございますよ。

——よう申すわ。おなごなど抱いてしまえば、さして変わりはせぬ。見目うるわしいのもうわべだけでの。ちやほやされるのになれておるだけ始末に悪い。

——そういえば、亡くなられた奥方さまも美しいお方でございましたな。

——あれも悋気《りんき》の強いおなごでな。ほとほと手を焼いたわ。奥でこりごりしたにもかかわらず、よりによって志摩のような我意の強いおなごに手をつけてしまうとはのう。殿が志摩に執心なされたときはやれやれと思うたに、いまだに志摩に手を焼かされておる。

——よいではありませぬか。その志摩の方さまのおかげで、磐根五万三千石の藩父になられると思えば少々のことは……。

——これ、それを口にするのは、まだ早いわ。

——なに、あと、ひと押しでございますよ。ご家中のおおかたは房松ぎみ擁立にかたむいておりますゆえ……。

——うむ。ようも兵藤を仕留めた。浮世捨之介とかいうやつ、なかなか使えるではないか。

――はい。いざともなれば、あやつめを伊之介ぎみに差し向けるという手もございまする。

――早まるな。なんというても伊之介ぎみは公方《くぼう》さまに御目見得まですませておるゆえ、下手な手出しは藩の存亡にかかわりかねん。ゆるゆると廃嫡にもってゆくのが肝要じゃ。

――例の神谷平蔵なる男が江戸からくだってまいったそうで……。

――うむ。不知火の関所から知らせてきたわ。桑山佐十郎が謹慎を命じられたゆえ、友を案じてのことであろう。あやつの剣は相当なものだが、藩政に口出しするような男ではない。

――なれど伊之介ぎみとは絆《きずな》の深い男でございまするぞ。それに殿も、あの男には並々ならず目をかけられているやに聞きおよびますが。

――江戸家老が先走りしおって、わしに忠義だてのつもりか、あやつの出稽古をさしとめたのじゃ。おおかた、その陳情にまいったのであろう。わしから殿に申しあげて、江戸屋敷の出稽古を復活させてやれば、おとなしゅう江戸にもどるであろうよ。

――ならばよろしゅうございますが……。

――それよりも法興寺の警護を怠るな。山門や境内は家士に警護させ、志摩が使う部屋には侍女も近づけぬよう申してあるが、それだけに警護は手薄になる。

――そのことなら案じられますな。例の浮世捨之介をすこし離れた庫裏《くり》に置くようにいたします。あやつは藩内の事情などなにも知りませぬし、万が一にも曲者《くせもの》が侵入いたしましても、あやつがいれば案じることはございませぬ。

――よし、くれぐれも頼みおくぞ。さ、一献とらそう。飲め。

――これは恐れいります。

# 終章暴発

## 一

——未明。

平蔵は佐治一竿斎からたまわったソボロ助広を腰に差し、薄闇の道場にいた。

昨夜、五つ半（午後九時）ごろまで桑山佐十郎と酒を酌みかわしたあと、藤枝重蔵の道場を訪れ、泊めてもらったのだ。

謹慎中の桑山佐十郎の屋敷に泊まるのははばかりがある。

佐十郎はかまわんと言ったが、迷惑をかけたくなかった。

遠州屋の寮にいるという浪人が戍井又市なら、いずれ刃をまじえることになるだろう。

いま、藩政を掌握している渕上隼人正と遠州屋藤右衛門はおなじ穴のむじなだというから、磐根藩内で刃傷沙汰にかかわれば、渕上の裁定次第で、事情のいかんを問わず罪を着せられることになりかねない。

そのとき桑山佐十郎の屋敷に泊まっていたことがわかれば、謹慎中の佐十郎にも累をおよぼすことになると危惧したからである。

そのことは藤枝重蔵にも告げたが、重蔵は一笑に付した。

江戸で人を殺《あや》め、手配されている浪人を斬ったからといって、罪に問うような愚かなことを渕上隼人正はせぬ。すればおのれの首を絞めることになろう。

斟酌《しんしゃく》せずに、ゆるりと泊まられよと言ってくれた。

藤枝重蔵は髪に霜が目立つようになっていたが、剣客としての風格には一段と磨きがかかっていた。

あらためて重蔵と酒を酌みかわし、昨夜は手足をのばしてぐっすりと寝たが、東国の冷え込みは厳しく、今朝は暗いうちに目がさめた。

佐治一竿斎から霞の太刀を授けられたものの、まだ充分に会得していない。

そのことが気になって、ひとり道場に立ってみたのである。

ソボロ助広を抜いて心気を鎮めた。

——かまゆるとおもはず、きる事なりとおもふべし。

井手甚内から聞かされた武蔵の五輪書のことばを思いうかべた。

──太刀をはやく振《ふら》んとするによつて、太刀の道ちがいてふりがたし。

平蔵はゆるりと下段にかまえ、そのまま斜めに斬りあげると、躰を沈めざま反転して背後の闇を斬りはらった。刃唸りが闇にひびいた。

──いかん……。

佐治一竿斎の剣は迅速だったが、蠟燭《ろうそく》の炎が小ゆるぎもしないほど刃風を立てなかった。

──太刀はふりよき程に静《しずか》にふる心也。

平蔵は目をとじた。道場のなかは闇にとざされているが、闇になれてくれば、武者窓《けんぞ》も見所も見える。目をとじてみると、漠たる空間に、おのれが置かれていることがわかる。

平蔵はふたたび刀を振った。

目をとじて刀を振ると、太刀筋がぶれるのがわかる。

──太刀を打さげては、あげよき道へあげ、横にふりては、よこにもどり、よき道へもどし、いかにも大きにひぢをのべて、つよくふる事、是《これ》太刀の道也。

あげよき道にあげるとは、無理なくあげることだろうとはわかる。

大きに肘《ひじ》をのべるというのも、腕に余分な力が入りすぎてはならないということにちがいない。それでいて強く振れという。

強く振ろうとすれば、その前に自然に肘に力をかけることになる。

言うは易く、行うは難しとは、まさにこのことだ。

平蔵は目をとじたまま、一心不乱に刀を振りつづけた。

汗が噴きだし、髪に湯気が立ってきた。柄《つか》をにぎる手が重くなってきた。

それでも振りつづけているうち、頭のなかが空白になってきた。

いつの間にか刀が軽くなってきた。

「みごとじゃ……」

かすかに、うめく声が聞こえた。

道場の入り口に藤枝重蔵がたたずんでいた。

「見たこともない太刀筋だった。佐治先生の直伝《じきでん》らしいな」

「不肖、なかなか会得しきれずにいます」

「なんの。刃風も立てず、それでいて迅速の剣だった。目でとらえようにも見定めることもできなんだ。貴公の剣は、もはや、わしなどのおよぶところではない」

「……恐れいります」

「惜しいものよのう。あたら、それだけの天稟《てんぴん》に恵まれながら、市井の医師ですごすとは……いや、惜しい」

平蔵、ぼうぼうと頭から湯気を立ちのぼらせながら、いま、遣った太刀筋を頭のなかで反復しようとしたが、不思議なことに、もう思いだせなかった。

二

その日、平蔵は朝食をすませると、藤枝重蔵に頼んで馬を一頭借りてもらい、伊之介がいるという石栗郡《いしぐりごおり》の別邸に向かった。

石栗郡は磐根の北西にある山地で、徒歩だと小半日はかかるが、馬なら一刻（二時間）もあれば充分だという。

十二月に入ってからは晴天つづきで、今日も頭上にはつきぬけるような青空がひろがっている。馬で遠駆けするには絶好の日和だった。

菅笠をかぶっていてもまぶしいほどの陽射しを背中に浴び、不知火街道の途中から石栗街道に入った。

葉をふるい落とした山毛欅《ぶな》や栗《くり》、楓《かえで》、銀杏《いちょう》、桑《くわ》、漆《うるし》などの落葉樹が山肌をおおっている。

石栗郡は山地だけに米などの穀物の産出はすくないが、これらの落葉樹が藩の財源になっていた。

山毛欅の樹皮は染料になり、実《み》は殻を割れば食用にもなるし、しぼれば山毛欅油にもなる。銀杏の実はそのままでは皮膚炎をおこすが、土中に埋めておけば果肉が腐り、白い殻をかぶった種子だけが残る。それを鍋で炒りつけて食べれば咳止めの薬になる。桑の葉は蚕《かいこ》の餌になり、蚕は繭《まゆ》となる。

磐根藩では山毛欅染めの絹布や棉布を特産品とし、銀杏の実は江戸や大坂の薬種問屋に卸していた。

繭と漆も、藩のおおきな財源のひとつだった。

生漆《きうるし》は山奉行がことに厳重に管理していた。漆の樹液は採りすぎると木が弱って枯れてしまうからだ。その漆山がもっとも多いのが石栗郡だった。

石栗郡と呼ばれるだけあって栗の木はいたるところにあって、一部は領民の貴重な食料源になっていたが、大半は干し栗にして、銀杏の実とおなじく江戸の薬種問屋に卸される。干し栗は勝ち栗といって、武家では縁起物として正月の祝い物にかかせないから、江戸での需要がもっとも多かった。

また山毛欅や栗や桑の木は高価な家具の材料となるので、伐採《ばっさい》され、磐根城下の指物師《さしものし》が集まる箪笥町《たんすまち》に運ばれ、磐根物として江戸はもとより京や大坂に卸された。

幕府は米の産出量を藩の経済力の目安にしているから、磐根藩の表高は五万三千石だった。だが、こうした特産品はほかにもあって、そこから得られる利益を算入すると実質は十万石だと、桑山佐十郎は以前から豪語していた。

こうした産品の価値に目をつけ、藩の産業として税の特典をあたえ積極的に奨励したのが先代藩主光房であった。

光房は二十一歳で藩主となってから、三十四年の治世下でこれらの産品の生産を飛躍的にのばした名君だった。そして、この光房の政策をささえつづけたのが、希和の父、柴山外記だった。

遠州屋はこの政策推進に積極的にかかわり、これらの磐根の特産物の生産に惜しみなく金を貸しつけ、いまや輸送から販売にわたる利権の大半を掌握していた。

商人は藩権力と結びつくことによって肥え太る。

磐根藩に内紛が絶えないのは、遠州屋が裏で糸を引いているゆえといっても過言ではないと、昨夜桑山佐十郎は断言した。

――金が敵《かたき》の世の中か……。

路傍を流れる小川の水を馬に飲ませながら、なだらかな広がりを見せる石栗郡の山地を見渡し、平蔵は磐根藩の内紛の容易ならざることを痛感した。


別邸は山毛欅《ぶな》が林立する小高い丘を背にして建てられていた。

敷地はざっと一万坪ある。

藩主の保養のために建てられただけに石垣と土塀にかこまれ、外から内部のようすをうかがうことはできなかった。

表門はとざされていたが、わきの潜り門はひらかれていた。

馬蹄の音を聞きつけて六尺棒をもった足軽が二人、門内から出てきた。

平蔵が名を名乗り、伊之介ぎみに会いにきた旨を伝えると、足軽はうさんくさそうに平蔵を見て、しばらく待てと言って一人が門内に駆けこんでいった。

別邸にしては、なかなかの警戒ぶりである。

――このぶんなら、さほど案じることはなさそうだ……。

そんなことを考えていると、しばらくして土橋精一郎が満面に笑みをうかべて潜り門から姿を見せた。

「やぁ、これはこれは、どういう風の吹きまわしですか」

土橋精一郎は磐根藩随一の剣士だが、みずから釣り馬鹿だと放言している気楽とんぼでもある。

「惜しいなぁ。おいでになるのが二、三日前からわかっていれば、岩魚《いわな》や山女魚《やまめ》の塩焼きをごちそうすることができたんですがねぇ」

どうやら、この男には岩魚や山女魚のほうが藩の内紛より重大事らしい。

伊之介ぎみに変わりはないかと尋ねると、

「いやいや、どうしてどうして、すっかり若君らしくなられましたよ」

と意味ありげな笑みを目ににじませた。

「男子三年、刮目《かつもく》して待つべしと言いますが、この半年でめっきりおとなびられましてね。いやぁ血筋は争えんものですな」

「ほう……」

なにやら精一郎のことばには言外に含みがあるような気がした。

それは間もなく、対面の場で実証された。

控えの間に案内された平蔵は茶菓の接待をうけ、四半刻（三十分）あまりも待たされた。

――おかしいではないか……。

伊之介は磐根藩の世子にはちがいないが、かつては弥左衛門店で伊助と呼ばれ、平蔵を「おじちゃん」と呼んでいた腕白坊主である。

去年の春先、江戸の下屋敷で会ったときも、身なりこそ大名の若君らしかったが、平蔵を見るなり「おじちゃん」と懐かしげに呼びかけてきた。

そのつもりで気楽に会いにきたのだが、会うのにこうも手間取るとは想像もしていなかった。

土橋精一郎の意味ありげな微笑のわけも、そのあたりにあるらしい。

さらに四半刻ちかくも待ち、ようやく近習らしい若侍がやってきて別邸の奥にみちびかれた。

おそらく藩主が引見の場に使っていたらしいと思われる五十畳の広間に案内された平蔵は、思わず目を瞠《みは》った。

左右に近習や、別邸をあずかる老臣が居並び、正面の上座に太刀持ちの小姓をしたがえた伊之介が威儀を張ってすわっている。かたわらには打掛けをまとった五十年配の侍女と、縫がひかえていたが、土橋精一郎の顔はどこにも見られなかった。

縫はひたと平蔵を見つめていたが、それはかつての情感をたたえたひたむきな目ではなく、なにやら感情を押し殺そうとしている目のようだった。

「神谷平蔵にござる」

平蔵が両手をついて挨拶すると、伊之介は鷹揚《おうよう》にうなずいてみせた。

「遠路、大儀であった。ゆるりとすごすがよい」

まるで役人が口上書きを読むような、抑揚のない声が降ってきた。

「は……若ぎみさまも、ご健勝にてなによりにございます」

とりつくろってはみたものの、平蔵、憮然とした。

──これが、あの伊助か……。

小姓らしい若侍が白木の三宝《さんぼう》にのせた包みをうやうやしく運んできて、平蔵の前に置いた。

「神谷平蔵どの。若ぎみさまより白絹二反をくだされまする」

老女がもったいぶった口ぶりで能書きをたれた。

「は、かたじけのう存じます」

紋切り型の礼を述べたが、平蔵は、躰のなかを寒々しい風が吹きぬけていく思いがした。

三

「ふうむ。それだけかね……」

藤枝重蔵が盃を口に運びながら眉を曇らせた。

「ええ、精一郎が飯を食ってゆけとすすめてくれましたが、長居は無用とサッサと引きあげてきましたよ」

「縫どのとも一度も口をきかずじまいか」

「まぁ、ね……」

平蔵は苦い酒を口に運んだ。

「見たところ、あの大年増《おおどしま》の侍女が万事仕切っているようでした」

「ははぁ、そりゃ、お目付役というところだな。縫どのは乳人《ちのひと》だが、長屋暮らしが身にしみついている伊之介ぎみは、縫どのにはどうしても甘えが出て厳しい躾《しつけ》ができん。このままでは磐根藩主らしくふるまうことができそうもないというので、奥仕えの老女を目付役につけたのであろうよ」

藤枝重蔵はなだめ顔になった。

「ま、これで貴公も気が楽になったではないか。もう伊之介ぎみのことで気をもむこともなくなったというものだ」

「………」

平蔵は釈然としない気分だったが、土橋精一郎の言うとおり、伊之介がそれだけ大人になったということかも知れない。

いつまでも町医者風情《ふぜい》の平蔵を「おじちゃん」と呼んで慕ってくるようでは、それこそ磐根藩五万三千石の大名になるのが危ぶまれるというものだ。

——それにしても……。

縫はあれで幸せなのだろうかと思った。

が、それも余計なお節介かも知れない。

縫はどこまでも伊助をわが子として育ててきた女なのだ。

平蔵が妻にと望んだときも、伊助のことが引っかかって、素直にうんとは言わなかった。

おそらく縫はわが身の幸せよりも、伊助のそばにいて、生涯、見守りつづけていくつもりなのだろう。それが女というものなのかも知れない。

弥左衛門店で、毎夜、通い妻のように忍んできた縫との交情の日々は、とうに幕をとじたのだ。

そう、思うことにした。

今夜の酒はどうやら悪酔いしそうだった。


「……神谷さま」

かすかにささやきかける女の声を耳にして、平蔵は深い眠りからさめた。

昨夜、藤枝重蔵と深夜まで酒を酌みかわし、滞在中の寝所にしている門弟の溜まり部屋の布団にもぐりこむなり、すぐに熟睡してしまったのだ。

枕元の有明行灯《ありあけあんどん》の灯りが、暗い部屋の隅にすわっている人影をおぼろにうかびあがらせていた。あがらせていた。人影は御高祖頭巾《おこそずきん》をかぶった女だった。

「おひさしゅうございます」

「お……」

声におぼえがあった。

「希和どのではないか」

がばと布団を跳ねあげておきあがった。

「どうか、そのままでお聞きくださいまし」

希和の声は平蔵がようやく聞きとれるほどの低い声音だった。

「うむ……」

「笹舟町の遠州屋の寮にいる刀傷の浪人は、浮世捨之介などという偽名を名乗っておるようですが、神谷さまが探しておられる戌井又市なる者に相違ございませぬ」

「まことか……」

「はい。草の者がつきとめたことゆえ、まちがいございませぬ。ただし、かの者に手出しするのは、しばらくおひかえいただけませぬか」

「なにかさしさわりがあるのか」

「いま、わたくしは殿の命により、渕上隼人正と遠州屋藤右衛門の癒着の証しをつきとめるべく動いております。しかも、これにはどうやら志摩の方と、房松ぎみの出自もからんでいると思われます」

「いったい、どういうことだ」

「しっ……お声が高《たこ》うございます。いまは、わたくしが申しあげることのみを、お聞きおきくださいまし」

低いが、希和の声には草の者の頭領の威厳がそなわっていた。

「わかった……」

「その証し、近日中に探りだせるかと存じます。それまで、かれらに警戒させるようなことは避けたいのです。このことをぜひ神谷さまにお伝えしたいと思い、こうして忍んでまいりました。わたくし以外の者が申しても、神谷さまはお聞きいれになるまいと存じましたゆえ」

「わかった。希和どのの申されることに従おう」

「ありがとうございます。思いきって忍んでまいった甲斐がございました」

すっと希和が立ちあがった。

「では、今夜はこれで失礼いたします」

「待たれよ。せめて、顔ぐらいは見せられぬのか」

「神谷さま……」

とっさに希和はたじろいだようだが、やがて静かに御高祖頭巾をとると、平蔵の前に近づいて膝を落とした。

化粧こそしていなかったが、希和の顔は前にもまして美しく、凛《りん》とした気品をただよわせていた。

希和は腕をさしのべると、平蔵の手をとった。

平蔵はその希和の手をつかみ、抱きよせた。

「神谷さま……」

希和はふるえる声でささやいた。

「神谷さまとすごした一夜、一日たりとも忘れたことはございませぬ」

その声は、さっきまでとは別人のように弱々しかった。

「もう、会えぬのか……」

「……わかりませぬ」

そう言うと、希和はするりと平蔵の手を逃れ、腰をあげた。

「できれば、またお会いしとうございますが、お約束はできませぬ」

すべるように希和は襖をあけ、たちまち闇のなかに溶けこんでいった。

平蔵はしばらく凝然として希和が消えていった闇を見つめていた。

追ったところでどうなるものでもなかった。

いま、希和は亡き父柴山外記の遺志をついで、磐根藩の危機を回避することだけを考えているのだ。

その妨げになることはしたくなかった。

四

先供《さきども》の侍につづいて美麗な漆塗りの女駕籠《かご》がゆっくりと通りすぎていった。

「あれが志摩の方のお召し駕籠だ」

蕎麦《そば》をたぐりながら藤枝重蔵が窓の外を目でしゃくった。

「この寒空にどこへ行くつもりだろう？」

平蔵はあつあつのかけ蕎麦の汁をふうふうすすりながら問いかえした。

「おおかた法興寺だろうな」

「法興寺？」

「渕上家の菩提《ぼだいじ》寺だよ。志摩の方はいちおう渕上隼人正の養女になっておるからの。墓参か、法事にでも行くんだろう」

「ほう。藩主の側室が家臣の菩提寺にわざわざ詣でるとは義理堅いもんですな」

「志摩の方は隼人正の姪《めい》だからな。渕上家の法事に出ても不思議ではないさ」

ふたりは昼飯に蕎麦でもたぐろうと、道場から一町ほどの蕎麦屋に入ったばかりだった。

「お、また駕籠が来た。ありゃ、だれの駕籠です」

「ん？　ああ、蔦菱《つたびし》の家紋が打ってあるから渕上隼人正の駕籠だ」

「ははぁ、どんな男か一度見てみたいもんだが……」

「見たいのは志摩の方のほうじゃないのか。なにせ、磐根随一の美女だからな。一見の価値はある」

「そんな美形か……」

「ま、桑山どのを謹慎に追いこんだ元凶だからの。傾国の美女といってもよかろうて……」

ふふふと藤枝重蔵は口をゆがめて苦笑した。

まだ四つ半（午前十一時）ごろ、飯どきには早いとあって、客は二人のほかにはいなかった。

「ほう。今度は町駕籠か……」

ずるずると蕎麦をすすりあげていた平蔵の顔が一変した。

「やつ、だ……」

丼を手荒く飯台に置くと窓の外を凝視した。

「やつ、とは……例の」

「戌井又市ですよ」

「あの駕籠わきの深編笠の男が、か」

「ええ、顔は見えませんがね。あの背格好は、やつにまちがいない。深編笠を離さんのは刀傷を隠したいからでしょう」

「そうか、あの男か……」

「あいつが供をしているとなると、あの町駕籠の客は……」

「そりゃ、駕籠簾《かごすだれ》をおろしてはいるが、遠州屋藤右衛門のほかには考えられんだろうよ」

「ふうむ。悪党三人に女狐が一匹の揃い踏みか……こいつは市村座にかけてもいいくらいのもんだ」

「おい、口がすぎるぞ、口が。かりにも藩公の側室だ。すこしは口を慎め」

「はは、は、すまんですな。しかし、なんだって遠州屋が……」

「きまっておる。渕上が行くところ遠州屋あり、だ」

「ふうむ……」

「おい。まさか、ここで仕掛けるつもりじゃないだろうな」

「そんな無茶はしませんよ。いまのところ、やつの所在がたしかめられただけで充分です」

平蔵は遠ざかる深編笠を見送って、ぼそりとつぶやいた。

「法興寺、か……」

五

法興寺は不知火街道からわかれて北東に向かう磯部《いそべ》街道に沿った山裾にある。

山門から境内に向かうには石段を登る道と、山裾を切りひらいてつけた、なだらかな迂回路がある。駕籠の参詣者は迂回路を通れば駕籠をおりずに境内まで乗りいれることができる。

この迂回路は渕上隼人正が寄進して造成したものだった。

ほかにも渕上隼人正は法興寺の伽藍《がらん》や庫裏《くり》の修理にも惜しみなく寄進し、法興寺の最大の庇護者になっていた。

一年前、渕上隼人正は庫裏の奥から渡り廊下でつないだ休息所と茶室を増築、寄進した。茶会や歌会などを催せるようにという趣旨だが、ここを使うのは渕上隼人正と志摩の方のほかにはいなかった。

今日も法事をすませたあと、志摩の方は梓《あずさ》という侍女だけを従え、ほかの侍女は庫裏の控え部屋に遠ざけておいて、渡り廊下を通り、茶室に向かった。

梓はよく気のつく娘だが、無口で、ほとんどものを言わない。そこが気にいって二ヶ月前、侍女に召しかかえたのだ。

梓を休息所の前の廊下に残し、茶室に入ると、先に来ていた渕上隼人正が笑みをふくんで志摩の方を見迎えた。

六畳の控えの間の奥に、八畳の茶室があり、炉には炭火が熾《おこ》され、茶釜がチンチンと涼やかな音色を奏でていた。

志摩の方は打掛けをはずし、あられもなく両足をくの字に投げだし、渕上隼人正の胸に躰をあずけ、たがいの唇をむさぼりあった。

白い腕を隼人正のうなじに巻きつける。裾を割った白足袋の足は、ふくら脛《はぎ》までむきだしになった。

隼人正の手は志摩の方の襟前にさしこまれ、乳房をまさぐった。

「ああ、もう……そのようにされましては……志摩は……」

青々と剃りあげられた眉根をよせ、志摩の方は身悶えして喘《あえ》いだ。

裳裾《もすそ》がおおきく割れ、絖絹《ぬめぎぬ》のような内股までさらけだされた。

「そう、じらされますな。ひと月ぶりではございませぬか」

「まだ、ときはたっぷりとある。せくことはあるまい」

「ま、志摩をこのようにさせたはどなたでございます。ええ、もう憎いこと」

「それにしても先々代の大祖母さまの命日などと、ようも黴《かび》くさいことをもちだしたものよ。こう、しげしげと法興寺に足をはこんでは殿に怪しまれようぞ」

「いま、殿のことなど口にしてほしくございませぬ」

「そう、すげないことを申すな。せいぜい殿に甘えて、閨事《ねやごと》にはげんでもらわねば大事は成就せぬぞ」

「よう、そのようなことを口になされますな。わたくしが殿との閨をどのような思いで耐えているか、ご存じありますまい」

「つまらぬことを申すな。殿も、わしも変わりはせぬ。おなじ男じゃ。抱かれていれば情もうつろう。おなごの躰というものは、そういうようにできておる。肌が馴染まねば殿もこころをひらかれまい。情の強いおなごはやがて飽きられる。そこのあたり、こころするがよい」

　そう言うと、渕上隼人正は腕をまわして志摩の方を横抱きにし、あぐらをかいた膝のあいだにすくいあげた。

「あ……」

志摩の方はかすかに身ぶるいすると、ちいさな声をもらし片膝を立てた。

隼人正は惜しげもなくひらいた志摩の方の白い腿の奥に無造作に手をもぐりこませ、紅い唇を吸いつつ、舌をからませた。

「お、叔父さま……」

志摩の方は切ない吐息をもらすと、焦れたようにみずから裳裾をたくしあげ思うさま太腿をひらき、隼人正の手を迎えいれた。

六

——いったい、いつまで待たせる気だ。

庫裏《くり》の控えの間であぐらをかきながら戌井又市は苛立っていた。

法興寺についてから、もう一刻半（三時間）はたっている。

渕上家の法事は四半刻（三十分）あまりでおわった。坊主が経文を唱えただけの、きわめて簡単なものだった。

ところが、そのあと藩主の側室だという女と、その叔父にあたるらしい次席家老の渕上隼人正という男が茶室に行ったきり出てこない。

そのあいだ戌井又市と二人の用心棒の浪人は、茶室に向かう渡り廊下の手前の控えの間で待たされる羽目になったのだ。

深編笠をとった又市の額の刀傷に一目おいているらしく、二人の用心棒は話しかけようともしない。

又市も遠州屋の飼い犬の用心棒など見くだしていたから、三人のあいだに会話はなかった。

今日は参詣者も山門で足止めされていて、境内にはだれもいなかった。

坊主どもは遠州屋の接待をうけているらしいが、又市たちのところには中食《ちゅうじき》の弁当と茶菓がふるまわれただけだ。

二人の用心棒はなれていると見え、さっさと中食をすますと、一人は壁にもたれたまま居眠りし、もう一人にいたっては床の間を枕に鼾《いびき》をかいて熟睡している。

又市も肘枕をして眠りかけたが、茶室の二人のことが妙に気になった。

叔父と姪とはいえ、姪は藩主が寵愛している側室で、この夏、房松とかいう赤子を産んだ女である。

それが藩の権力者である叔父と二人で茶室に入ったきり、一刻近くも部屋にこもっているというのが、うさんくさい。

母と娘というのなら話はわかる。城内では話せない四方山話もあるだろう。が、叔父と姪が茶を飲みながら、なにをながながと話しあうというのだ。

──くさい……。

又市は女というものを信じていない。

どんなに髪や着衣をきれいに飾っていても、腹のなかでは何を考えているか知れたものではない。

だいたいが、あの渕上隼人正という男が気に食わない。

顔立ちも端整で、風采も立派だが、人を人とも思っていない尊大な男だ。

遠州屋が戌井又市を紹介したときも、軽くうなずいただけで、汚物でも見るような冷たい目を向けた。

──糞！

ああいうやつは、腹のなかで何を企んでやがるか知れたものではない。

この前、兵藤丹十郎とかいう家臣を闇討ちさせたときも、平気で若侍二人を人身御供にした。

──そのうち、おれも厄介払いするつもりだろうが……。

そうはさせん。おれを甘く見るなよ。

戌井又市はのそりと腰をあげた。

二人の用心棒は気楽に眠りこけている。

又市は廊下に出ると、ゆうゆうと渡り廊下に向かった。

離れは茶室と休息所のあいだを廊下で仕切られ、突き当たりに厠《かわや》がある。

休息所の前で、一人ぽつんと正座していた侍女が、又市を見て目を瞠った。恐怖のせいか、声も出ないようすだ。立ちあがりかけたところを、又市は軽く当身を食らわせた。

ぐにゃりとなった侍女を休息所にひきずりこむと、又市は茶室の前の廊下にたたずんで室内の気配に耳を凝らした。

咽《のど》にくぐもったような女の喘ぎ声が聞こえる。

——ああ、叔父さま……やはり志摩は……叔父さまでのうてはだめ。

——これ、声が高い……もそっと静かにせぬか。

——案じられますな。梓は安心のできる者でございます。

——じゃと言うて……。

——あ、そのような……そのようなこと……どこでおぼえられました。もしや、志摩のほかにおなごはおらぬよ。

——たわけたことを……わしには志摩のほかにおなごが。

戌井又市は頰にうっそりと、不気味な笑みをうかべた。

——よいか、殿が別邸の小倅《こせがれ》を廃嫡《はいちゃく》なされるまでの辛抱じゃ。そなたも房松を磐根五万三千石の藩主の座にすわらせたいであろうが。

——でも、いつまでこうして叔父さまと忍びあわねばならぬかと思うと、わたくしは切のうございます。

——なに、房松が世子となれば、あとは意のままじゃ。

——とはいえ、殿がおわすかぎり、わたくしは……。

——ふふふ、わしにまかせておくがいい。そのうちに……な。

——え、殿に……毒を。

——しっ！　めったなことを口にすな。

——は、はい。

——それにしても、よう房松を産んでくれた。

——このごろは見れば見るほど目鼻立ちが、叔父さまによう似てきております。血は争えませぬな。

――まさか、殿には気づかれていまいな。

――それは、もう……殿はわが子と信じきっておられますゆえ。

――ふふ、そうか。ならばよし。

ここにいたって戊井又市の双眸《そうぼう》に憤怒の光がさした。まだ見たこともない房松という赤ん坊に、おのれを重ねあわせていた。

こいつらは赤ん坊のことなど、つゆほども考えてはおらん。頭にあるのはおのれらのことばかりだ。

――許せん！

戊井又市は茶室の襖を引きあけ、踏みこんだ。

あられもなく裾を押しはだけた志摩の方が、ふとやかな腿を左右にひらいて渕上隼人正の腰に巻きつけているのが目に飛びこんできた。

隼人正は片腕で志摩の方の腰をかかえて中腰のまま交わっていたが、又市を見て驚愕の目を見ひらいた。

「き、きさま!? もの狂いしたかっ」

「ぬかすなっ」

又市は吠えた。

「狂うておるのはどっちだ！　わが子を出世の道具に使いまわすとは、おのれら、犬畜生にも劣る」

「だ、だれか出会え！　曲者《くせもの》じゃ、く、曲者……」

隼人正は顔を醜くゆがめ、志摩の方を突き放すと茶室の隅の刀架けに置いてあった差し料に手をのばした。

又市の刃が隼人正の胴を斜めに斬りさげた。

「ううっ！」

差し料をつかみかけた隼人正の上半身が血しぶきあげて炉のなかにつっこんだ。

茶釜がひっくりかえり、灰かぐらが舞いあがった。

志摩の方は恐怖に顔を引きつらせていた。

「ふっ。この雌犬めがっ」

嘲笑った又市が無造作に刃を一閃させると、隼人正の返り血を浴びた志摩の方の美貌が真ふたつに両断された。

渡り廊下を足音も荒く蹴って、遠州屋藤右衛門が駆けこんできた。

「お、おまえは……」

戌井又市は振りかえりざま、刃をあびせた。

「げえっ！」

肩から肋《あばら》にかけて両断された遠州屋藤右衛門は、虚空をつかんで渡り廊下の欄干をこえて境内に転落した。血しぶきが廊下を真っ赤に染めた。

「うわわっ！」

駆けつけてきた用心棒の一人が茶室の惨状を目にし、泡を食って刀の柄に手をかけようとしたが、又市の剣先が胸板を刺しつらぬいた。

「ぎゃっ！」

つんのめり、もたれかかってきた用心棒の躰を足で蹴りつけた又市は、刀を引き抜いて廊下に躍りだした。

もう一人の用心棒が渡り廊下を走ってくると、刀を抜きはなって又市を迎え撃とうとした。

「邪魔すなっ」

又市は怒号すると斬りつけてきた用心棒の刃を苦もなく巻きあげ、刃をかえしざま横薙《な》ぎに斬りはらった。刃が用心棒を脇から斜めに斬りあげた。

肋を肩まで斬り割られた用心棒の片腕が刀をつかんだまま宙に飛んだ。

境内をよぎって供侍の一団が刀を抜いて殺到してきた。

「おのれらっ」

返り血を浴びて赤く染まった又市は、供侍たちの目に悪鬼としか映らなかった。

## 七

神谷平蔵と藤枝重蔵は街道筋の飯屋に入り、酒を酌みかわしていた。

おもての通りで、にわかに町人たちの口ぐちにさけぶ声がした。

「たいへんだ。法興寺で斬りあいだ」

「大たちまわりがはじまってるぞ」

聞きつけた平蔵が立ちあがった。

「法興寺だと」

「なにかあったか」

二人は差し料をつかみ、飯屋を飛びだした。

店の前に馬が二頭つながれていた。

「借りるぞ。どけぇ」

二人は飛び乗って、法興寺の山門前に駆けつけた。

一人の侍が刀を手にしたまま、石段を転げ落ちてきた。首を撥《は》ね斬られ、頭がついていなかった。

石段の上から群がる侍と斬り結びつつおりてくる戌井又市が見えた。

平蔵は刀の鯉口《こいぐち》を切って走りだした。

戌井又市が一人、また一人と追ってくる侍を血祭りにあげながら、石段を一歩一歩おりてくる。

「戌井又市！　見忘れたか。神谷平蔵だっ」

ぴたりと又市の足が止まった。

石段の上から殺気だった侍が追いすがってきた。

「おのおのがたは引かれるがよいっ！　この場はわれらにまかせられよ」

平蔵の背後で藤枝重蔵が、大音声で呼びかけた。

侍たちが一瞬どよめいて、動きをとめた。

戌井又市は血刀を右上段にかまえ、石段を踏みしめて下りながら、平蔵との間合いをじりじりとつめてきた。

平蔵は石段の下にたたずんで又市を待った。

刀は右手にだらりとさげたままだった。青眼でもなく、下段でもない。

——かまえるとおもわず、ただ無心に斬る……。

いま平蔵の目はどこを見ているのか定かでない。

間合いに入る直前、又市の足がひたと静止した。

「おのれっ、鐘捲流！　今日こそは決着をつけてくれる」

戌井又市が血走った眼を爛々《らんらん》ときらめかせ、怒号した。

平蔵は身じろぎもせず、静かに待ちうけた。

又市の気息がふいごのように荒々しくなった。

斜め上段にかまえた剣先が陽光を吸ってギラッと光った瞬間、又市は石段を蹴って五尺あまりも宙を飛翔した。段差をくわえると六尺を超える、すさまじい跳躍力だった。足で宙をかき、黒い飛鳥のごとく平蔵の頭上をかすめつつ、迅速の剣を振りおろした。

平蔵がはじめて動いた。又市が飛翔したとき、すでに平蔵は又市の太刀筋を見切っていた。剣先一寸をかわし、平蔵の刃が一閃した。

落下してきた戌井又市の胴を、平蔵の刃が音もなく薙ぎはらった。

噴血が宙にほとばしり、又市の躰が石畳にたたきつけられた。

その顔に奇妙な笑いがかすかにうかんだ。

平蔵は残心の構えをとくと静かに刃を引いた。

藤枝重蔵は声もなくたたずんだまま、平蔵の剣刃に魅《み》せられていた。

八

「なに、もはや平蔵は発《た》ったというのか」

左京大夫宗明は茫然として桑山佐十郎を見つめた。

「はい。今朝、未明に早発ちいたしました。夕刻前に不知火の関所をこえるつもりでございましょう」

佐十郎は深ぶかと頭をさげて両手をついた。

「ご城下を血で汚したること申しわけなく、殿にくれぐれもお詫びいたしてくれるようにとのことでございました」

「ううむ。……平蔵らしいのう」

「はい。あれはそういう男でございます」

「ふふふ、わかっておるわ。あやつめ、余に気遣いしおったな」

「は……」

「会えば、余が平蔵に詫びねばならぬところじゃ。わしにそういうことをさせまいとしたのであろうよ」

「いいえ、そのようなことは……」

「よいよい、余が女色に迷うたことは事実じゃ」

「殿……」

「じゃがの、余もそれほど愚かではないぞ。志摩を召しだして間もなく、あれの懐妊があまりにも早すぎるのに気づいた。志摩がなにかと口実をもうけては法興寺に詣でるのも不審であった」

「殿。もはや仰せられますな」

「それに隼人正と遠州屋との癒着ぶりは目にあまるものがあった。内々で希和に命じて探索させておったが、ついでに隼人正と志摩のことも探索させた。……希和はたいしたおなごよ。梓という草の娘を志摩の侍女にもぐりこませたのも希和じゃ」

「では、あの梓という娘は……」

「うむ。希和の手の者じゃ」

「これは……」

「隼人正は切れ者じゃが、おのれを過信しすぎておったようじゃの。遠州屋の財力と、隼人正の権勢に媚《こ》びへつらう輩《やから》も目にあまった。佐十郎に謹慎を命じたは、隼人正に阿諛迎合《あゆげいごう》する輩を見きわめるためであった」

宗明は沈痛に双眸をとじた。

「そのため兵藤丹十郎を失《うしの》うてしもうたは、余の不明ゆえじゃ。許せ、佐十郎」

「殿……」

ひたと面《おもて》を伏せ、佐十郎は声をふるわせた。

「その、おことばをたまわり、丹十郎も本望かと存じます」

「のう、佐十郎。房松のことじゃが、あれにはなんの罪もない。たれぞ、よき者を探して、もらい子に出してやりたいと思うが、どうじゃ」

「なによりのことと存じます。早速、しっかりとした者を家臣のなかからえらびだしましょう」

「いや、武家でないほうがよかろう。武門はつらいゆえ、な」

「ははっ」

そのころ、神谷平蔵は不知火川の川岸に寝転んで空を見あげていた。

「あの男……」

平蔵は、戌井又市にたいして憐憫《れんびん》の情がわいてくるのを、われながらいぶかしく思った。

戌井又市が人斬り地獄に堕《お》ちたのも、おのれに責めがあるとはいえ、なにやら哀れな気がしないでもない。

鳶《とび》が一羽、悠々と青空を飛翔している。

「それにしても、伊之介はあれで幸せなのだろうか」

平蔵はかたわらに置いたたまわりものの包みに目をやった。

「遠路、大儀であった……か」

ぽつんとつぶやいて、平蔵は立ちあがった。


（ぶらり平蔵　人斬り地獄　了）

## 参考文献

『五輪書』　神子侃訳　徳間書店
『江戸あきない図譜』　高橋幹夫著　青蛙房
『江戸10万日全記録』　明田鉄男編著　雄山閣
『絵で読む　江戸の病と養生』　酒井シヅ著　講談社
『剣豪　その流派と名刀』　牧秀彦著　光文社
『大江戸生活事情』　石川英輔著　講談社
『捕物の歴史』　大隈三好著　雄山閣
『江戸厠百姿』　花咲一男著　三樹書房

コスミック・時代文庫

# ぶらり平蔵《へいぞう》
## 決定版④人斬り地獄

2022年2月25日　初版発行

【著者】
吉岡道夫《よしおかみちお》

【発行者】
杉原葉子

【発行】
株式会社コスミック出版
〒154-0002 東京都世田谷区下馬6-15-4
代表　TEL.03(5432)7081
営業　TEL.03(5432)7084
FAX.03(5432)7088
編集　TEL.03(5432)7086
FAX.03(5432)7090

【ホームページ】
http://www.cosmicpub.com/

【振替口座】
00110-8-611382

【印刷／製本】
中央精版印刷株式会社



ISBN978-4-7747-6357-6 C0193